十爱

张悦然 —— 著

人民文学出版社

图书在版编目（CIP）数据

十爱/张悦然著.—北京：人民文学出版社，2016
ISBN 978-7-02-011841-0

Ⅰ.①十… Ⅱ.①张… Ⅲ.①短篇小说—小说集—中国—当代 Ⅳ.①I247.7

中国版本图书馆 CIP 数据核字（2016）第 153421 号

责任编辑　樊晓哲
责任印制　徐　冉

出版发行　人民文学出版社
社　　址　北京市朝内大街 166 号
邮政编码　100705
网　　址　http://www.rw-cn.com

印　　刷　三河市宏盛印务有限公司
经　　销　全国新华书店等

字　　数　147 千字
开　　本　880 毫米×1230 毫米　1/32
印　　张　6.5
印　　数　1—20000
版　　次　2018 年 9 月北京第 1 版
印　　次　2018 年 9 月第 1 次印刷

书　　号　978-7-02-011841-0
定　　价　45.00 元

如有印装质量问题，请与本社图书销售中心调换。电话：010-65233595

目录

- 001　跳舞的人们都已长眠山下
- 019　竖琴,白骨精
- 025　吉诺的跳马
- 064　二进制
- 076　小染
- 091　船
- 099　鼻子上的珍妮花
- 110　昼若夜房间
- 162　宿水城的鬼事
- 172　谁杀死了五月

跳舞的人们都已长眠山下

这是一个秋天的早晨,她拉开窗帘的时候好像看到了山。淡淡褐色,平顶,没有太多的杂草,像是男子宽阔的额头。她记得少年时他们曾在山顶奔跑,他们温柔的脚步宛如在轻轻抚顺沧桑男子额上的皱纹。日子那么舒缓,他们像是能够令山岭峡谷都动容的精灵,折了一片白云做翅膀,就能够飞起来。她好像又看到男孩站在晨风里,他手里握着一束微微发黄的马蹄莲,迎着劲猛的日光,眼睛微微眯着,神情有些疲倦。她问他,你也来祝福我了吗?他摇摇头。然后她就看到他把花朵倒插进泥土里,那摇摇摆摆的花茎和被玷污的白色花瓣令她想到了他们看到过的那只自杀的鸟,它一头栽到泥土里,义无反顾的姿势使他们一遍又一遍把它当作烈士提起。

她惶惶地坐起来。是梦吗?可是她分明感到,他来了。他穿的还是那双麂鹿皮的旧靴子,半筒不短,能触到小腿肚,他太瘦,又或者因着鞋子本就是他爸爸的,总之他的腿裹在密实的粗布裤子里塞进靴筒,仍有些晃荡。他还是穿着他的咖啡色小猎装,双排扣,脖颈里围着一条有一点点细碎流苏的深红色提花方巾。他深深地低着头,把下巴埋在方巾里。当他缓慢地把头抬起来时,幽深的眼睛里的目光宛若遽然飞出的蝙蝠一样,衔住了她。然后他向她伸出一只手,这是一种礼仪,还是一个邀请呢。这应是多少次她深切企盼过的。然而她退后几步,惊惧地摇摇头,对他说:你为什么还要来?请走吧。我要结婚了。

结婚?他面无表情地问,像是在说一件与他们毫不相干的事。

是的,我要结婚了。

不,你怎么能结婚呢,你是要跟着我走的。

这不可能,次次。现在不是六年前,一切都不会再相同。

她正说着,忽然听到有人敲门。她奔去开门,并略有艰难地转过头来对他说:再见吧,次次。她走到门边,让自己略微镇定——她知道次次仍没有离开,她的周遭都是他的气味,他那湿漉漉的靴子上泥土的味道以及他手指上马蹄莲茎干里汁水的味道。他嚼着的水蜜桃泡泡糖的味道,他偷偷喷在方巾上的他爸爸的古龙水的味道。

哦,次次,她喃喃地低声叫着,却已经拉开了门。

门外是兰妮。兰妮双手都提着巨大的纸袋,剧烈地喘着气。门一开她就钻进来,把两只大纸袋扔在沙发上。

"哦,小夕,你刚起来吗?还没有梳妆打扮吗?十点钟我们必须出发,你快些啊,要来不及了!"兰妮走到她的面前看着她,旋即又叫出来:

"哦,小夕,你昨天没有早睡吗?你的黑眼圈好严重的!天哪,我看遮都遮不住!"

被兰妮这么一说,她倒是好似自己犯了很大的错,不好意思地笑

笑,忽然她就感到次次柔软的嘴唇贴到了她的耳垂上,轻声嘀咕道:

"我倒不这么觉得,在我看来,黑眼圈恰恰是你最迷人的地方之一。"她听到次次的声音,脸有点发烫,——次次从来没有说过这样的话,这么动人的话。她就要重重地跌进去了,可是内心却是一慌,连忙转头去看,她的身后是洒满耀眼阳光的窗台和放在窗台上的桃红色观赏仙人掌。只此而已。她吸了一口气,立刻转身跑去洗手间,并关上门:

"次次,走吧。别再捣乱。"她对着镜子哀求。她不敢去看他,因着太久不见他的样子,就像久别了阳光的人,乍然被阳光刺痛了眼睛。可是她又忍不住去看他。此刻她能够看到他,像一场梦。他就站在她的身后,比她高上大半头,叠在她身后的身体像个淋湿的纸片儿一样,软软地搭在她的背后。那么近,她再次闻到了他身上的气味,这让她有种错觉,次次离开的这六年只不过是一个冗长的冬天,而她一直不动声色地等在洞穴里,直到这种熟悉的气味像个蹦蹦跳跳的春天一样再次回来。

可是她不能允许自己这么想。她拧开水龙头,俯下身子开始洗脸。她想借助水声把他的声音淹没,然而他却仍旧在说:

"我说过的,如果你嫁给别人,我一定会来婚礼上捣乱的,记得吗?"他说话的口气十分轻松,可是这冰冰亮的话语却像料峭冬天里的小雪花,纷纷钻进她的身体里消失不见。她怎么能忘记这些话呢,这是他留下的仅有的情话,像是她的《圣经》一样被她一遍遍温习着,日日夜夜。她却不抬头,让脸埋在手心那捧温热的清水里:

"这不算,次次,是你先违背了誓言,如果你尚在人间,我也一定不会背弃。"

"这没有分别,亲爱的,我来接你,随我走吧。"

"哦,不,次次,求你,这个时间已经不对。我已经答应了别人。所有的都已经交托。"她说完,急匆匆地用毛巾擦干脸上的水。她又抓起水池边放着的长颈瓶乳液,倒在掌心里。他忽然从她的身后探过头来,俯下身去闻了一下她手心里的白色酸奶状化妆品,有点失望地说:

"你从前最不喜欢这种黏糊糊的东西,你喜欢让脸蛋每时每刻都保持清爽。"

"次次,那个时候我只有十八岁。"她被他这样一说,有些哀怨起来,机械地把乳液在脸上晕开,然后又把乳液旁边放着的一个粉红色小箱子打开,开始给自己画淡淡的妆。她没有关掉水,潜意识里希望用水声隐没她和次次的对话,虽然事实上,她知道,没有人能听见他们的对话。

"次次,"她终于忍不住要问,"你一直在哪里,这几年,你在天堂吗?"

"我在路上,在忏悔和洗净自己的路上。我在回来接你的路上。"

"是不是寒冷而孤单?"她在描眉,手却已经颤抖得不行。

"嗯,多少是有些的。可是也没有他们说得那么可怕。只不过我的衣服一直都是湿淋淋的,因为没有阳光,所以怎么也晒不干。"

她听到他说这个,就心疼得不行。事实上,她一直在他们的爱情里扮演着十分母性的角色,大约是因为她年长他一岁的缘故。她在回忆往事的时候,常常会把他想象成一只兔子、一只猫,于是她可以怀抱着他,一遍又一遍地抚摸他。她用了六年的时间让自己忘记那种抚摸他头发和脖颈的感觉,她终于习惯在格外思念的时刻把手牢牢地塞在仔裤口袋里,不让它们悬在外面寻找他,寻找那种温存的触感。

"对不起,"她说,"我应该去陪着你的。"她感到很抱歉,甚至想要回身去抱住他。她不知道灵魂能不能够被抱住,她也不知道,灵魂需不需要温暖。她的心已经软了,这是多么无奈的事情。然而她眼睛的余光忽然扫过自己的手腕,像是被生生地打了一棒,她忽然抖了抖身体,使自己和他分开:

"次次,我六年前已经做过跟你走的尝试。那次之后我就答应他们,我要好好地活下去。"

那是在他死去不久之后的一个日子,她坐在阳台上用切水仙花根的刀子切开了自己的手腕。并不疼,她闭上眼睛的时候甚至以为手腕上发热的感觉,是他携起了她的手。他从未牵过她的手,尽管他们相伴彼此走过整个童年和青春期。他只是喜欢一个人走在她的前面,像个蹦蹦跳跳的牧羊少年领着他的小绵羊穿过广袤无垠的草原。她记得十四岁那年他们这样出行,去郊外。他照旧走在她的前面,不回头,不会迁就她的步伐。后来她被一个盘结的树根绊了一跤,摔倒在地上。他听到声音,回身看了看,然后停下来在原地等她。他看到她站起来了,就又开始向前走。她对于他的漠不关心十分哀伤,于是小声抽泣起来。他问她怎么了,她委屈地说:你为什么就不能牵着我的手走呢?你从来没有牵过我的手。次次想了想——他从未认真想过这个问题,有关他是不是要牵着她的手走,他真的没有费神想过。于是他想了想,然后他十分严肃地说:我觉得这没什么必要,因为我知道,你总是跟着我,和我在一块儿。她问,我如果有天和你分开了呢?次次想了想,摇摇头,说:你不会的。她说,如果我嫁给别人了呢?次次又想了想,说:我还是觉得你不会不跟着我反而去和别人结婚,不过如果你非得这样,我会去大闹你的婚礼。她眼睛立刻变得明亮,她仰着头,沉迷于那些美好的幻象中,问:真的吗?你会去救我吗,在行礼的时刻大声喊停,然后牵着我的手冲出礼堂吗?她简直把婚礼想成了一场遇险,而次次以一个佐罗般的英雄形象适时地出现。次次点了点头,嗯。

那是唯一一次,次次对她说会牵她的手会带她走的话。她一直像是一丝不苟地收藏起自己的嫁妆一般的,把这两句话放在心底,从十四岁,她的青春期刚刚开始。这曾是多么悠长和缓的梦和心愿,然而它却中止于她刚刚成年的时候。

次次死的时候是春夏之交,他们喜欢在那样的季节里坐在院子里的葡萄藤下吃草莓。次次总爱拿着一本诗集朗诵。他看得十分入神,把草莓的汁水弄在了衣服上却浑然不觉。她喜欢那些静谧的午后,他们坐在一张白色塑料桌子跟前,次次深深地被诗集吸引着,头也不抬,只是缓慢地伸出纤长洁白的手指到桌子上去够草莓,送到嘴边。她喜欢在旁边这样看着他。她觉得次次是最棒的诗人,虽然次次具体什么也还没做过。次次看着艾略特的《荒原》,喜欢得不得了,他看着就尖叫起来:

"噢,你听听这一段哪:'是的,我自己亲眼看见古米的西比尔吊在一个笼子里。孩子们在问她:西比尔,你要什么的时候,她回答说,我要死。'啊,多么棒的句子啊。"她安静地听他念,然后微微笑着点头。她不怎么懂诗,而那些句子决绝且偏执,可是她觉得,只要他喜欢,那么一定都是好的。然而次次在朗诵完艾略特的《荒原》之后不久,就把自己弄死了。他用了一根长条围巾,白色,软绵绵的,倘若不是因着他的死,那围巾看起来是多么纯洁无邪的东西。他死得突然而默无声息,对于她,这个十几年里一直生活在他左右的人,他甚至也没有任何通知。那是一个星期二,他没有到学校上课。她下午打电话到他家,他家只有用人在,说都去医院了,次次出事了。她于是赶去医院,而她到达的时候他已经断了呼吸。护士正推着他的担架向医院走廊的另一端走。阳光从走廊尽头的窗户射进来,一直追着照在盖着他的白床单上,像是如果错过了这时,就再也不能照在他身上了。她费了很大力气才走过去,伸出手,掀开床单,他躺在那里,显得格外的小。六月正午的阳光里,他就像个金灿灿的婴孩。她仍旧能够闻到他身上特有的香味,一点也没有腐坏的味道,真好。她想。

"小夕,你好了没有啊?要来不及了!"兰妮在外面大叫,并且开始敲洗手间的门。她于是再深深地望了一眼镜子,像一盏灯一样,她把他的脸熄灭了。然后打开了门。

兰妮把白色蕾丝花边的纱质礼服递给她。她正要进去换上,门却又被敲响了。兰妮代她去开门,她站在那里发愣。来人是罗杰。她看着他走近她。罗杰看着她的时候总是笑,好像是不分昼夜不看天气不管心情的,只要是面对她,罗杰就总是挂着这样一种宽容的笑。可是在她看来,这种缺乏节制的笑多少有点哄骗小孩的意味。没错,他拿她当孩子,捧着她,像养一棵珍稀花草一样把她照顾好。这是一种值得报答的恩情,所以她最终决定嫁给他。

他走向她,然而这不足十米的一小段距离竟是如此漫长。她听到次次的声音又无孔不入地钻进来:

"就是他吗?你就是要嫁给他吗?"

"是的。"她回答。

"不可能,他和你想要的男子一点也不一样。哦,你是疯了吗?跟我走吧。你怎么可能要嫁给他呢?"次次的声音很高,几乎是在大叫,这令她极度不安,而她的面前却是向她靠近的罗杰的脸,罗杰依旧面色平和笑意盈盈。

"可是他是的,他即将成为我的丈夫。"她坚定地说。

"你不会喜欢他,他看起来是多么粗糙的男子呵,像个空洞洞的大木桩,他不会了解你的内心,他不懂得欣赏你的特别之处,他不知道你究竟好在哪里……"

"不,他爱我,他那么地爱我。"

"好吧,就算如此,那么你爱他吗?哦,亲爱的,你好好地问问自己,你真的爱他吗?"他的声音就要令她崩溃了。

"我还是决定来看看你,"她还没有回过神来,罗杰已经走到了她的面前,微笑着拿起她的手,放在他的双手间,"我知道按照仪式,我应该在礼堂等你,可是我总是想早一点见到你,终于忍不住先来看看你。——啊,你的脸色不太好,你哪里不舒服吗?"

"唔,没有的,也许昨晚有些兴奋和紧张,不能入睡。"她慌忙说。

"嗯,不过在我看来你一点也不需要紧张。一切都准备好了。"他说。她望着他的脸,忽然觉得他是多么天真的人。她抽回手,攥住礼服,对罗杰说:

"我进去换礼服了。"

"是的,穿上给我看看吧,我多想看看呢。"她男人说,他说话时总是一副意兴盎然的样子,微笑像是用很长很长时间腌制出来的,已经渗进脸部的每一块肌肉和每一根神经。然而她却感到,一旦她回过头去,立刻就忘掉了他的脸。

她抱着礼服进了她的卧室。她刚一关上门,次次就说:

"这是十分滑稽的婚礼,快点结束它,跟着我走。"

"不行。"她摇头。

"他看起来像是一只高大笨拙的熊。他一定不通音律不懂文学,他绝不可能给你你想要的那些。"

"可是次次,那些对我都不再重要了。你走之后那些就对我不再重要了,我可以不看书不听音乐,就像和从前的世界彻底隔绝了。"她苦涩地说。

她在他死后一度陷入一种彻绝的死寂中。像是有人神不知鬼不觉地走上来掩住了她的耳朵,蒙上了她的眼睛,从此在一个完全盲失的世界里,她问自己,她要做什么,他走了,那么她接下来还要做什么。她去了他的家。她进了他的房间。她甚至翻看了他的日记。她想知道他为什么忽然决定去死。这是一个谜,对所有的人来说。因为此前无任何征兆,甚至没有一丝不寻常。他没有遭受任何打击没有遇到不能克服的艰难。相反地,他因为几张想法奇特的摄影照片赢得了他们学校的摄影大奖。他虽然对于那只作为奖品的镀银手表一点也不在意,可是他的照片却被洗得很大挂在他们年级的走廊里。他走过的时候还是斜起眼睛看了看,她注意到。然而除此之外生活再无任何不寻常。

可是这十七岁的少年忽然用围巾弄死了自己。她仔细地看过他的房间之后,肯定围巾是他从箱子底下翻出来的,这围巾大约是属于他十五岁时的,她记得他已经有两年冬天都没有戴过。可是他却把它从箱子底下翻了出来,并且委以重任。

她把整个房间都仔细看过很多遍,却仍旧不知道究竟是什么触动了他,使他忽然决定去死。然而令她十分失望的是,他的日记里没有提到她半个字。可以说,他的日记十分乏味,只是记录了他每日里阅读过的书、看过的电影,或者他上学路途中看到的动植物。他对于动植物外貌的状描,却是格外感兴趣。通常对于一个寻常的蚂蚁洞就可以写上大半页。在日期为五月末的一天,次次在日记本上抄写了艾略特的《荒原》。他没有抄完。她忽然记起,那日他给她朗诵《荒原》,第二日他清早来到学校的时候,显得异常疲倦。对此,他对她说,我连继续抄完《荒原》的力气都没有了。几天之后他就死了。

其实她在看过次次的日记之后只是隐隐的失望,却也并没有十分吃惊。因为次次本来就是这样一个古怪的人,他喜欢自己和自己说话胜于同别人聊天,他喜欢把自己关在房间里胜于出去旅行。他对于大家普遍关心的事物常常表现得十分冷漠,可是却对微乎其微不值一提的小玩意儿显现出十足的乐趣。他一直没有什么朋友,除了她。甚至他的父母，对于他的死虽然十分难过，却并没有过分惊讶。从小到大，他们带他去看过多次心理医生，先是因为他到了四岁仍旧不开口说话，而事实上他并不是没有这个能力，只是没有这个兴趣。就是说，在他看来，对话的沟通是没有什么乐趣可言的，所以他宁可保持缄默。大人们用了很多方法，逼迫他引诱他，他终于开口说话了，声音十分细小并且倦怠。后来他们带他去看医生他又不想出门。一步也不想踏出他的房间。他对于外面究竟是怎么样的没有任何兴趣。他认字之后爱上了读书，于是他就更加喜欢把自己关起来，读各种稀奇的书。医生又花了很长的时间——事实上与其说是医生的治疗奏效了倒不如说是他终于不能忍受医生每日里来打搅他，他终于走出了家门。他死去之前最后一次去看医生，是因为他用剪刀剪指甲却总是剪破手指，起先大家都以为是他不小心为之，后来渐渐发现，他每次专心致志地拿起剪刀给自己剪指甲的时候，都会剪破指头，看着血汨汨地涌出来却好像没有感觉。

"你没有痛觉吗？"医生十分头疼地问他。最终医生认定他是一个神经不发达并且反射十分迟缓的人，致使他对于流血不尽并不恐慌，相反地，抱有一种欣赏态度。

这就不难解释他为什么会选择自杀。

"自杀对于他并不是一件十分为难的事，"医生分析说，"因为他不会感到特别疼痛。"

在次次短暂的一生里，也许只有她这样地宝贝着他，也是她，在他死后，这样地怀念他。她欣赏和包容他的古怪，她像是收留了一只珍稀的小恐龙一样地对次次付出着不竭的关怀，虽然他很少给她回报,可是她却仍能够感到,她是最贴近他的人。而在她的潜意识里,次次是个做大事的人。她总是觉得,像次次这样一个出奇古怪的人,被上帝安排着降临人间,一定有着非同寻常的使命。他一定会成为一个了不起的艺术家,她对此坚信不疑。她记得她所看过的那些孤独而怪异的艺术家的自传,次次有着像他们一样的气质,这种气质像最幽深的山涧里流淌下来的泉水一样,在她的身边经过。她相信上帝给她的使命就是要好好地保护和看管着泉水。所以在这一路的成长里,她一直在为他做事,她帮他做学校的功课,帮他挑选每日穿的衣裳和鞋袜,给他准备文具整理书包,甚至为他决定他每顿饭要吃的食物。因为次次对这些都没有什么兴趣,所以她觉得这些就是次次成为伟大艺术家的负累,于是她责无旁贷地接过所有这些工作。她让他可以有足够的时间睡眠、散步、读书和思考。这对于一个艺术家来说是最重要的。

她就是这样伴随着次次一步步成长起来,所以她十分习惯在别人看来是个怪物的次次,她为他辩解,并一如既往地对他的才华抱有十足的信心。

然而事实是,次次什么也没有做,除了常常高声朗诵一些偏执狂写下的诗篇或者冷不丁冒出几句奇怪而无法捉摸的话语。这些她却觉得可贵。她为自己能成为一个伟大艺术家的助手感到骄傲。可是最后次次却给了她重重的一击。他弄死了自己,在什么艺术家也不是之前,他就首先逃离了。她当然无法担当这样的痛苦,因为次次不仅仅是她的全部爱情,甚至是她的全部事业。一直以来,她像在建造一座高楼一样经营着她和次次的情感并且照顾着次次。

现在她是个坐在坍塌的废墟中央的穷光蛋。

当她在一个夏日的午后想明白这个道理之后,她就用修剪水仙花根的刀子切开了自己的手腕,她设想着自己能够理解次次的想法,能够在弥留的时刻产生次次临走时的感觉,这是一种步伐的一致,她想,并且我不痛;次次不痛,我就不痛。她这样告诫自己。

血液在她的手腕上宛如一只火焰直蹿的酒精灯,她却觉得是他抓住了她。她以为他终于肯抓住她的手,带着她走,这种走也许是恒久的辞世,可是她不在意,她想走想死,只要跟着他。

现在她已经穿好了礼服,再次站在罗杰的面前。

"太美了,我的新娘!"罗杰赞叹道。她感到有些疲倦,那么久的时间过去了,她却仍旧没有习惯眼前这个男子的赞美,她和次次在一起那么多年,她几乎没有接受过次次的任何赞美,可是那却是她习惯和甘愿的。现在她穿着滑稽的礼服像个绢纱扎起来的木偶娃娃,今天之后她将永远失去自由,失去作为伟大艺术家助手的神圣权利。

她轻轻叹了一口气。她能感到次次就站在她的身后,踩住了她那拖在地板上的白纱,那就是她累赘的尾巴,他企图帮她摆脱它。她却已经不再慌张,不再担心罗杰他们察觉她的异常。

罗杰抓住她的手拥抱了她。她不知道他有没有发现自己僵硬得如一根已经冰凉的烤玉米。还好他因为忙着赶去礼堂看看那边是否一切就绪,很快就离开了。

她立刻抓住兰妮的手,颤声哀求着说:

"兰妮我有些害怕。我不知道我还能不能结婚。"

"你在胡说什么?"兰妮不解。

"噢,兰妮,你不知道,他来了。"她努力地放低声音,虽然她知道次次是肯定可以听到的。

"谁?"

"次次。"

兰妮稍微愣了一下,然后神色凝重地望着她,顷刻间已经给予了她全部的重视,像是在看着一个身患绝症的病人。她缓缓地说:"小夕,那么多年了,我以为你完全好了。可是在关键时刻,你还是没办法摆脱他对你的纠缠……"

此时的她已经没有了刚才的冷静和沉着,甚至没有了起码的站立仪态,她用双手抱住自己的肩,好似感到严酷的寒冷,然后她一边发抖一边说:

"不是纠缠,他只是来带我走。他也没有错,我们从前是说好的……"

"小夕!"兰妮大声地喊,十分粗暴地打断了她的话,"你要把有关他的念头都从脑子里甩出去,你不能再被这些脏东西缠住了!你记住,你早就离开疗养院,你现在是个正常姑娘,并且今天你要嫁人了!"

她费力地点点头,刚要说话,就听到次次在她的耳边说:

"你不要再对她多费唇舌,她不会理解我们的。谁也不会理解我们。宝贝,我们上路吧。"次次的声音是这样的软,像是黏连的糖丝一样贴在她的耳鼓上。

她听了次次的话,不再和兰妮争辩。她变得默不作声,眼睛看出窗外。阳光盛好,是好天。

房间里一时间恢复了宁静。她和兰妮就站在房间的中央,兰妮盯着她的脸,抓住她的手,好像生怕她忽然被带走。良久,兰妮慢慢地轻声说:

"好小夕,次次已经死了。他是个怪人,他不属于这个世界,所以他离开并且去了适合他的地方。可是你,小夕,现在你那么爱你的男人,你不可以再想那些乱七八糟的事,你要做的只是把心沉下来,把手交到罗杰的手中,他会给你幸福平安的生活,懂吗?"

她抬起头看着兰妮的脸,她的眼前其实已经是一片模糊,像是被隔在一面吹满了水哈气的玻璃窗后面,什么也看不清。她根本看不到兰妮的脸,世界像是一个浓雾制造器一样源源不断地酿造出一大团一大团的雾,而她已经被团团围住。可是她不敢说,她也觉得没有必要再说,因为她好像感觉到次次已经完全帮她解下了那些缠绕在她身上的绸纱:

"你身上再也没有什么束缚,你可以放心地奔跑,你看,这样好不好?"

她对着兰妮的脸,轻轻点了点头。

门外的喇叭已经响起来了,接她们的车来了。兰妮挎着她上了车,她走得有点肆无忌惮,兰妮连叫了好几声:

"小心你身后拖着的裙子呀!"

她在车上坐定就有些慌张,六神无主地四下张望。然后她立刻就听到了次次的声音:

"亲爱的不要害怕,我在这里呢,我在车上。"她立刻变得心安起来,小声说:

"我从没有和你坐过一辆车,但你知道吗——"

"什么?"次次问。

"我一直幻想着,等到将来你成为一个出色的艺术家之后,我们要买一辆宽敞的车,唔——要有这车的一个半那么宽敞,你驾着它带我去很远的地方。"她陶醉地说。

"呵呵,"次次笑了,"亲爱的,就这么徒步跟着我走,我们一直拉着手跑到天边,难道不好吗?"

"嗯,也是好的,跟着你走怎么样都好。"她说。

化妆师在礼堂的后台给她化上浓妆,在给她涂胭脂的时候说:"你的脸现在很红,而且发烫,你感觉到了吗?"而此刻她感到的是,次次正用两只手托起她的脸,看着她的眉眼,她被次次的目光照得暖烘烘的。

"你的眼睛里好似有两个瞳孔呢。"化妆师感到奇怪,喃喃地说。

很多的人围着她,帮她忙这个忙那个。她只是面含微笑地在那里坐着。次次说:

"你再等等,马上就到时间了,我们就要上路了。"

"去什么地方?"

"高处和远处。"

"是一座遥远的山上吗?"她问。她想,难怪次次穿着小猎装,脚上还很泥泞。

"差不多。"

"山上都有什么?"她无限憧憬地问,有点不依不饶。她从未对次次撒过娇,而这种撒娇的感觉,竟是如此美好,她像是已经做了升入云端的神仙。

"你想要有什么呢?"次次问。

"唔,马蹄莲和水仙圈起来的舞池。我们可以在中间跳舞。呃,还要有蕾丝花边的床,我们跳舞跳累了就可以睡在上面。"

"是的,都有的,马蹄莲,水仙,舞池,还有床。"

当礼堂里的音乐响起来的时候,她有点手足无措。她知道她被领到了前面,在很多很多人的目光里。可是她却什么也看不见,眼前只是蒙蒙的大雾。她于是叫起来:

"次次!"

"我在的,亲爱的。我们马上就上路。"她听到他这么说,宽慰地点点头。她已经看不见她正面对着的,罗杰的脸。罗杰穿着黑色的西装,胸前的口袋里插满了小朵的鲜花,他笑得比任何一个时刻都开心。兰妮正扶着她向罗杰走过去。她却问:

"次次,我们是在坐船吗?我觉得好像在渡河。"

"是的,马上就会到达对岸。"

"嗯。"她笑得如此灿烂,令婚礼上所有的宾客都沐浴在这样的喜悦里。

罗杰拿出戒指要给她戴上。兰妮也把一枚戒指塞在她的手心里。他们要交换,预示着把一生交托。可是她却觉得手里握着一根纤绳,她在四处张望寻找对岸。她因为看不到,于是焦急地唤道:

"次次?"

"嗯,宝贝,听着,现在你把这纤绳甩出去,我们就上岸了,然后可以一直跑到山的脚下。"次次吩咐道。

"嗯,好的。"

婚礼上的每个人都看到,美丽的新娘面含微笑地把手上那枚戒指突然向高处一抛,又把一只手伸到背后拽下头上的纱,然后她就向着礼堂的门口跑去。像小鹿一样,她那么欢快,一刻也不停,只是丢下惊愕的新郎和瞠目的宾客。

她看到了大路,通向山脚下的。她将在山上和爱人跳舞然后同枕而眠。

"次次。"她叫着他的名字。她的一只手紧紧地抓住次次的手。他们像是一张向着幸福出发的大网。

她冲出礼堂的门的时候恰好是正午时分。她站在明晃晃的太阳光下和她的次次奔向他们的山坡,而疾驰而过的卡车从她的身上轧过去的时候,她听到次次说:

"闭上眼睛,你闻到山坡上泥土的香味了吗?"

她很听话,她闭上了眼睛。

那日里太阳光实在太过强烈,卡车司机经过的时候却见了鬼一般地打了瞌睡,而后车厢里的大捆马蹄莲,也都怏怏地卷起了黄色的边,像是一张张掩面痛哭的脸。

竖琴，白骨精

1

她小心翼翼地取下左肩上的那枚锁骨递给丈夫。骨头和骨头之间有清脆的分离的声音，她立刻感到有劲猛的风钻进身体里，洞像陡然攒起的旋涡一样搅乱了她的整个身体。她摇摇摆摆地斜靠在冰冷的墙上。

丈夫的眼睛灼灼地盯着那枚亮铮铮的骨头。他动作敏捷地从妻子手里抓住了那枚骨头。他当然没有忘记致谢。他把他迷人的吻印在小白骨精的额头上。额头在急剧降温，但是小白骨精的脸蛋还是芍药颜色的。丈夫拼命地亲吻她的脸，不断说，啊，亲爱的，我该如何感激你呢。我是多么爱你呀。

2

小白骨精开始盖三条棉被睡觉了。骨头一根一根被抽掉了，她的身体上全都是洞。怎么才初秋风已经这样凛冽了呢，把她的整个身体吹得像个风筝一样几乎飞起来了。

丈夫是个乐师,他现在在加工一架竖琴。此前他还做过笛子、箫。竖琴一共有了三十七根小白骨精的骨头,比此前那些乐器用得都要多。它外部的框架是锁骨和臂骨这样坚硬一点的,也用到了肋骨那样柔韧性极好的。竖琴是丈夫迄今为止最为满意的作品。他已经用了比他预计得长三倍的时间来雕琢它。很多个夜晚,小白骨精都躺在床上看着丈夫的背影。丈夫举着明晃晃的刻刀,丈夫捏着亮晶晶的骨头,他不懈的努力已经使那些骨头被打磨得有了象牙的光泽。丈夫用一寸长的小手指甲轻轻滑过竖琴,乐符一颗一颗从空气中升起来,宛如没有重量的水晶一样在三盏炽亮的油灯下夺目照人。水晶们缓缓上升,窗子外面的鸟儿都聚满了。丈夫十分得意地打开窗户,所有的鸟儿都涌了进来。这时候刚好水晶乐符到达天花板,它们纷纷撞碎了。鸟儿们立刻冲上来,每只嘴里都衔起一颗碎水晶,然后迅速散去了。房间重新恢复了平静。丈夫满面红光,他还沉浸在那动人的珠玉之声里。很久之后,他才奔向床这边,抱起柔弱无骨的小白骨精,充满怜爱地抚摸着她所剩不多的骨头,用颤抖的声音说,宝贝,你是最棒的你永远是最棒的。

　　小白骨精的确喜欢这一时刻。她喜欢丈夫那像饱满果实一样红润的脸,喜欢丈夫开窗户的时候嗖嗖的鸟儿和他衣衫相撞的声音,喜欢丈夫像孩童一样跌跌撞撞奔向她的床的步伐,喜欢他像瀑布一样平顺而充满激情的抚摸,当然,她也喜欢碎水晶和鸟儿的声音。很多个夜晚,小白骨精都感到身体像一架旧钟表一样,以比时光慢去一半的速度缓缓延续下去,容许着整个回廊的风在身体里穿进穿出。她感到他给她买的杜鹃白色裙衫里面灌满了风,像一只帆一样飘扬起来。

3

小白骨精拆下右肩的锁骨给乐师的时候,她非常难过。因为她失去了全部的两枚锁骨。小白骨精是多么喜欢她的锁骨啊。它们被她特意露在白色裙子的外面,骨头的天然光泽从藕荷色的肌肤中浅浅地透出来,乐师定定地看着她,着了魔一样追随着她。那年夏天的故事。

小白骨精一边拆这根锁骨一边难过地哭起来。因为这根锁骨被拆走之后,她的脖子上就无法挂住那根银色的项链了。骨头离开身体的那一刻,小白骨精听到哗啦一声,项坠携着那根链子掉进她身体里去了,冲着她心脏的方向。它们荡来荡去,荡来荡去,小白骨精的整个身体都溢满了金属的回声。更糟糕的是,项坠是个锋利的菱形,它把她的心脏划得满是伤痕,鲜血淋淋。可是项链是丈夫送的。丈夫无比温柔地给她戴上,项坠和她的锁骨轻轻撞击,发出丁丁的声音。丈夫沉醉了,那个秋天。

丈夫见小白骨精哭了,连忙说,亲爱的你不要难过啊,你失去了所有的骨头又怎么样呢,我永远爱你啊。宝贝你永远是最棒的。你抬起头来看看我们的成就啊。

丈夫身后是很多件无价之宝的乐器。小白骨精觉得它们像大个的家具一样占满了整个房间,它们是来自她身上的吗,它们看起来这样巨大呀。

4

竖琴还差三根骨头的时候,小白骨精已经患上了忧郁症。她算了又算,等到竖琴完全做好的时候,她身上的骨头刚好用完。这个答案她是很满意的,她并不在意她的骨头。虽然现在她已经不能撑起她的脖子了。一天的大多时候她都躺在这张宽阔的大床上。她用丈夫给她买来的木头器械活动,看起来像个笨拙的挂线木偶。可是,可是这有什么关系呢,小白骨精可以用整个白昼等待夜晚的到来。等待午夜之后丈夫红彤彤的脸庞,等待脚步和抚摸,等待乐符的天籁。她非常满足。

可是现在小白骨精无法不担心她的状况。她本来就是个瘦骨嶙峋的女子,现在她失去了几乎所有的骨头,身体越来越轻,越来越轻,她真的要像一个风筝一样飘起来了。况且冬天很快就要来了,北风异常凶猛。

她无时无刻不担心她自己飘起来,被风刮走了。她的丈夫拥抱她的时候,她担心那个拥抱不够紧,她从丈夫的双臂之间被风刮走了。她和丈夫做爱的时候,她担心她会从丈夫起伏的身体下面被风抽走。每个夜晚丈夫开窗放进鸟儿来的时候,她都要紧紧地裹好被子,不然风会把她从床上卷走。是的,小白骨精现在盖四条被子了,只有沉重的东西时刻压着她她才是安全的。有个夜晚她梦见她和丈夫不分昼夜地做爱,丈夫汗津津的身体沉重而牢稳地压在她的身体上,她多么安全和快活。醒来的时候她的脸红了,她告诉自己说,这是不可能的,所以,她现在该怎么办呢。

"我还是死去吧。"小白骨精这样和自己商量着。这时候一阵大风刮来,她的身体摇摆不定,项坠锋利地切割着刚刚长好的伤口。小白骨精想,她要忽然被风刮走也许就再也见不到丈夫了。"我甚至连再见都不能和他说一声。"那是多么糟糕的情况啊。

5

从丈夫拿走倒数第三根骨头的时候,小白骨精开始策划自己的死亡。

这个时候她又难过得哭了。她现在这样软绵绵的,甚至不能有足够的力气把自己撞死,或者爬上很高的地方跳下来把自己摔死。

菱形的项坠对她来说显然已经是微不足道的利器,她的心脏结满了痂,它已经钻不进去了。"不过利器应该是好的。"她心里想。环顾四周,她想到了丈夫的刻刀,可是丈夫从来都带着他的刻刀出门,刻刀从不离身。那么还有什么利器呢。

小白骨精的目光落在丈夫的乐器上。竖琴。竖琴最中间有一根特别尖削的。也许是为了好看,丈夫每加一根骨头都要把这最中间的一根打磨一下。这一根的上面顶了个软绵绵的套子,因为太尖了,丈夫曾经被它划破过手。但是丈夫显然丝毫没有记怨,因为这是最晶莹剔透的一根,丈夫喜欢用手掌缓缓抚过它,脸上有着比抚摸她更加满足的表情。

"我只是借用一下。"小白骨精坚持她已经送给丈夫的骨头就是丈夫的了,所以她说是借用一下。她想她死之后丈夫还可以从她的身体里抽出那根骨头,继续插进竖琴里,竖琴还是完好的。

丈夫取走了最后一根骨头。冬天也来了。

丈夫第二天早上出门的时候,小白骨精睁大了眼睛望着他。她心里想:我只是借用一下,他不会生气吧。

6

那根骨头真的美丽极了。小白骨精把它放在手里把玩了很久,才把它插进身体里。血液涌了出来,白色鼓起的帆得以在红色海洋里去向远方了。软绵绵的身体被钉在了宽阔的大床上。所有从窗户射进来的阳光都被吸在这根流光溢彩的骨头上。有大片的鸟覆盖了整个窗户,聚精会神地看着这根奇异的刺。

不过事情总是充满遗憾。小白骨精还是没想到,等丈夫把那根美丽绝伦的骨头从她体内拔出来的时候,骨头已经不再洁白了。它已经变成猩红色,而且斑斑驳驳的。骨头显然已经无法匹配洁白无瑕的竖琴。

连一只麻雀也不会再聚过来了,那根骨头变得像一个古旧的秤杆一样丑陋。

丈夫无比惋惜地擦拭着那根传世之宝。他买来各种质地柔软的价格昂贵的缎子擦洗它。可是它却越来越黑了。黑得像是渗进了剧烈毒药的象牙。丈夫伤心极了。后来只好把它做成一块狭瘦的牌位,插在了小白骨精的坟上。

吉诺的跳马

1

他再次回到 B 城是因为她的脸。他再次想起了她的脸,在他无法翻越的梦境里,她的脸就像一片波光潋滟的湖面,由远及近地荡了过来。他就站在那里,看着她的脸宛如一块没有皱痕的锦缎手帕一般,闪烁着金丝银丝一样明绰绰的辉光,像是一条通去无可知的遥远的大路,在他的面前再度展开。他伸出手。

他熟悉那脸上的表情,尽管他一再想忽略或者视而不见。那是向他求助的表情,继而变成一片声声断断的倾诉。梦里开始幽幽地飘下梧桐树开出的紫色花,宛然还是四月的校园,他甚至看到了瘦的雏鸟,像是她曾叠过的纸鹤一样在那张脸的前面瞬间飞过。

他越发地明白,这张脸已经衍变成一面背景,一面适用于所有梦境的背景。在它的前面,可以是校园,梧桐树,鸟,或者其他一切有着那段时光标记的事物。都像一出一出的戏,在那张脸的背景下上演,所以注定它们都被打上了哀伤和求救的符号,像总是要横亘到他面前的眼睛,和他四目绝望的对视。

她还是十七岁时粉生生的面容,桃花颜色,眼瞳里装着深静的琥珀。她因为太久和他疏离而变得有点生硬,淡淡地说,你是不是应当来看看我了?

她又哀怨地命令道,你要回来,来看看我。

他僵直地站立在那里,好像再次是从前那个因着爱情到来欢喜激动的少年。他因为那一生只来过一次的爱情,流出了眼泪。

2

女孩吉诺是在体育课上发现陌生的男人正在隔着学校操场的霉绿色铁网盯着她看。她侧了侧眼睛,然后继续广播操动作,告诉自己要保持平静。

周二上午第三节是体育课,她的班级被分成四排在篮球场上练习广播体操。这是每学期运动会开始前一周的必然会做的准备,在每个春天秋天里周而复始地重复着,令吉诺感到非常厌倦。虽然才是秋天,风却开始有小刺儿一般扎得人十分难受,吉诺晃了晃头,把落在头上的半截梧桐树上落下来的小枝甩了下来。

她因为个子矮小而站在第一排,因为直接面向体育老师站着,她不能太偷懒,不然惩罚会是一个下午都留在操场上做操。所以尽管她十分厌恶,却仍是尽力把手抬高,把动作做得充分。在做第七节转体运动的时候,她蓦地发现有个男人冷飕飕的目光穿过操场的铁网直射过来。那像箭一样飞过来的目光里,她好像听到了羽毛和空气摩擦出的唰唰的声音。她迟疑了一下,正要上举的手臂悬在空中停顿了几秒。她忽然意识到自己抬起手臂的时候会露出一小段腰肢,这让她有些不好意思。然而她转念又想,怎么能知道他在看的就是她呢,那么多的同学。

但是她很快发现,当练习结束、队伍解散之后,那双眼睛却一直没有离开她。她和四个女孩开始玩排球,她装作不经意地侧了一下脸,看到男人还站在刚才的位置,目光穿行而至,之间没有任何的障碍物,然后它像是太阳下的一块阴翳的光斑一样贴在她的身上。

排球再飞过来的时候她没有很卖力气地跳起来,因为那样会再次露出一大段的腰肢。

她变得有点六神无主,几次飞过来的排球都没有接。她在几个女孩开始怀疑她和抱怨之前开口说,她感到有点头晕,想去一旁休息一下。说着她指了指小腹,那几个女孩知道她的意思是例假来了。于是都同情地点点头。吉诺退到了几个女孩子围成的圈子之外。她站在那里,眼睛立刻向着陌生男人的方向看过去。他们之间的距离很远,而男人的表情根本无法看清,他动作的幅度也微乎其微。可是那个时候吉诺却十分肯定,那个男人抬起一只手,放在胸口高的位置,向身体内的方向勾了一下,像是在示意她走过来。她心里还在犹豫,一只脚却已经向着他的方向抬了起来。

吉诺迎着男人的目光,心怦怦地跳得厉害,迈着比平日里慢下很多的步子,走到篮球场的铁栏杆前。她是面对着他走过去的,却不怎么敢抬起头看他。她在离他还有三五米的地方停了下来,站定了,微微地抬起头来,有点迷惑地看着男人,像是问他:你是在叫我过来吗?

女孩吉诺穿着一件圆形娃娃领的玫红色开身毛衫和一条相当普通的深蓝色牛仔裤。她偏爱玫红色是因为这会衬得她原本雪白的肤色更加光洁。当然，她也没有更多的选择，除却校服之外她一共有三件秋天穿的衣服，出于对玫红色的偏爱使她几乎在整个秋天里都穿着这件玫红色的毛衫，天气再冷了也只是在里面多套件衣服。因为身材矮小，她脚上的淡雪青色和白色相间的运动鞋有点像童鞋，十分可爱。她梳着两条刚刚蹭到肩膀的小辫子，绑头发的皮筋也是艳艳的玫瑰红。她的头有点超出比例的大，身体平而单薄，尚没有开始发育的样子，说她已经是读高中的女孩肯定没有人会相信。

男人端详着她的脸，仿佛想要从她的脸上找到一些熟悉的东西。她有一张尖尖下巴的小脸，额头有点高，眼窝很深。这使她的脸有着分明的骨骼层次，几乎没什么肉，苍白得好像深冬的天气里整夜都冻在外面的蔬菜。鼻子有点塌，上面起了一层淡褐色的小雀斑。如果她皱起鼻子，小雀斑们会像一片四面涌来的鸟儿一样栖落在一起。他觉得她的面相并不熟悉，倒是神色很像他的一个故人。

男人没有搭话，虽然他明白她走近的意思，她应该对他充满宽容的好奇，她想给他一个机会，让他先开口对她说话。这是一件有些趣味的事情，尤其对于她这个年龄的女孩来说，当发现有个陌生的男子在不远处饶有兴趣地注视着她的一举一动的时候，她感到了一种凛冽如酒精般的冰凉液体注入身体里，她有种嚓的一下被火柴点燃的兴奋。

这是北方的秋天。校园里种着平淡无奇的梧桐树，空有高大，却毫无风情可言，照旧只是在秋天到来的时候例行公事地戴上藏红色的头发。而这一花招，就像是已经无法再换得小孩子信任和欢乐的把戏，在这一季已经可以完全忽略了。吉诺在这一刻之前其实并没有深深地研究过她过的生活。她觉得那就像个一碰就会迸出水的阀门,她一直能做的也只有不动声色地看着它,即便觉得它生得像是一颗毒瘤一般令人厌恶,也不敢轻易动它。相对的平静有时候是十分可贵的,她这样想。但是这一切在她发现这个男人,并且走向他的时候,都有所改变。也就是说,她这一刻站在这里面向一个陌生男人,身后是热闹的排球场和玩耍的女伴,忽然之间感到了一种哀怨。

这种哀怨就像忽然被什么东西打了一下脸,却并不急着去护痛处,只是木木地站着,思味着自己所有的苦痛,然后就感到那苦痛越来越多地飞过来,涌过来,像是一时间密密麻麻回巢的蜜蜂。于是就生生地心疼自己,几乎要掉下眼泪来。为什么会如此,她自己也不清楚。也许只是在太多的日子里她都显得过于平凡,日子过于平淡,像是总忘记化点淡妆再出门的潦草女子,蓬头垢面地虚度每日。多可耻。她一遍一遍提醒自己,她在一个最好的年龄里,她一定要让它有点不同。

"连一个美好的梦也没有。"她常常自嘲地对自己说,那种绝望像是酷寒天气里漫天纷飞的雪花钻进脖子里一样,一丝一丝地刺得她生生地疼。

她现在站在他的面前,隔着三五米,看见男人是络腮胡子,双眼皮的眼睛很深很大,他肤色黝黑,已经开始谢顶,但脸上却没有几条皱纹。这个男人超过了三十岁,她只能这样粗略地估测,因为男人的年龄一旦超过三十岁就仿佛逾越了她可以猜度的界限,她根本不能做出正确的评估了。男人穿着一件领子上三颗扣子都没了的墨绿色毛衣，身下是洗花了的条绒灰裤。他的皮鞋上有泥水，因为没有下雨附近也只有柏油马路，她脑中一闪而过的念头是，他或者是个花匠也说不定，——其实她是个骨子里溢满了浪漫气息的姑娘，爱情小说里在花园里种下海潮般声势浩大的玫瑰花的花匠一直在她的小脑袋里翻波腾涌，而不经意出现的陌生人或者忽然之间就会领着一匹上好毛色的白马笑盈盈地冲着她走过来。

而此刻她却十分担心这只是个误会，——他并不是在看她或者他没有任何话要对她说。她猜想她的身后，那些女伴们已经发现她走了过来，她们一定在注视着她，那种一大片一大片漫过来的目光已经像巨大而有力的手掌似的推着她，所以她是不能退的。她如果就这么转身回去该是多么尴尬。她等待着，甚至开始用目光鼓励他，让他开口对她说话。

他终于开口说：你们不跳马吗？

吉诺愣了一下。她怎么也没有想到，他会问出这样一句话。他这样一直看着她，一直像是要对她说话，用手势示意她走过来，难道就只是想问问，你们不跳马吗？

吉诺的心陡然凉去了大半。她咬了一下嘴唇，心里问自己说，那么你想要他说的是什么？吉诺在很多时候都喜欢自己质问自己，——这是十分寂寞和胆怯的人的通病，他们热衷于自己和自己说话，在自己和自己的舌战中找到那种现实中永远也得不到的占据上风的快感。诘责，质问，然后在压迫下无话可说，于是可以令自己变得安稳变得甘心于现状。

她带着失望，不过仍旧十分认真地回答他：不，我们体育课不跳马,我们现在练习广播体操和打排球。她说。

他像是获得了十分宝贵的信息一般,若有所思地点点头。他们都没再接着说话。他那站在学校铁网外的身体是歪歪斜斜的,大缕的风钻进了他那没有扣子的毛衫里,他头顶那稀稀拉拉的根本遮掩不住头皮的头发像是一圈一圈的盘丝,风一吹过来,就好像棉絮一样一缕一缕地飞舞起来。她看着他,失望到了极点。她心想,这只是一个十分乏味的男子,甚或只是一个无家可归的流浪汉。他不过是因为好奇或者无聊,趴在学校操场的铁网上看她们上体育课。他看那么久只是因为他心存疑惑。好事的男人,大约回想起他中学时代,还有跳马项目的中学时代,如此而已,所谓对她的长久的注视,也是纯属偶然的吧。

她于是想到,其实这个早晨并无异常,一切都会照旧。那么,她会在体育课之后去上数学课,最后一节英语课也许会是一个随堂测验,然后中午她到学校的传达室找她爸爸一起吃饭。他们去旁边的小快餐店,那里的菜总是十分油腻,不知道反复炸过多少次的鸡翅是棕黑色的,很脆,一碰就会掉下一块一块的油渣。漂浮着极少量浅浅黄色蛋屑的蛋花汤好像是前天剩下的。可是她不作声,甚至根本不需要看清这些食物。她只是看也不看地咽下去。她的爸爸坐在她的对面,咀嚼的声音非常大,她一度怀疑父亲的前世是个类似马之类的牲畜,所以咀嚼时才会有格外响亮的声音,尤其是吃蔬菜的时候。并且他可以站着入睡,发出深度睡眠的鼾声。每当父亲发出巨大的咀嚼声时,她都会感到十分难堪。她会悄悄地低下头,环视四周的人,她总是感到那些人的目光都朝她爸爸涌过来,不友好的,戏谑的,充满讽刺和鄙夷的。她觉得很可耻,想要倏的一下站起来,然后冲出快餐店去。可是她一直没有这么做,一方面是因为她没有这样的勇气,她爸爸是个十分凶恶的人,对她也不会例外,他如果发现连他的女儿都嫌弃他,他一定会揪起她的辫子,狠狠地朝她的后颈打过去。另一方面,她有时候又会反过来可怜她爸爸,她是唯一留在他身边的人了,如果连她都厌弃他,那么他还能保有什么呢?所以吉诺只有忍耐。而忍耐使吉诺的中午时光变得十分难挨,午饭像是一个世纪那样漫长。其实又何止是中午时光呢,她分明是觉得这样的每天每日都十分艰难。每个下午,她按部就班地上课,直到放学。放学后她要先绕到学校后墙外的菜市场买菜,然后回家做饭,而她和爸爸的所谓的家,也不过是在学校后面的一间平房——她是一个连家都安在这所学校里的人。爸爸是不可能回来的,他要守在学校的传达室里。所以她要去给她爸爸送饭,她一般会做三两个菜,至少得有一个荤菜,——她爸爸对于肉的偏爱她很清楚。做好的饭装在磨得锃亮的铝质饭盒里,然后她再拿出放在窗台上的半瓶酒,握在手里,从学校后面的平房,穿过已经没有人的寂寂无声的操场,一直走到传达室。她把饭给她爸爸放下,说一声,我回去做功课了,父亲应一声之后,她就可以离开了。她转身带上门的时候,已经听见那十分响亮的咀嚼声。

　　晚上如果她爸爸值夜班,那么就一夜不回,她自己温习好功课,如果时间还早她就会看一会儿电视。家里有台小电视,能收八个电视台,她最喜欢看探险节目,一大队装备齐全的人,精神抖擞地出发了。攀登山峰或者去幽深的海底潜水。她是多么羡慕他们,她想,她是想要离开这里想得发疯了。如果她爸爸不值夜班,那么不会超过十点半他就会回来。吉诺得把电视让给他看,他尤其喜欢体育节目,越激烈他就会越兴奋,喝过的那点白酒也会忽然从胃里冒上来,于是变得话特别多,甚至大声地唱歌。所以吉诺通常是伴着足球赛、拳击赛还有爸爸的歌声入睡。

这是吉诺的一天。吉诺闭着眼睛不用思索就可以把它回想一遍。毫无悬念和任何跌宕起伏。

今天她才知道,她对于这样一种日子已经忍耐到了极点。所以在陌生的毫无亲切感和温暖可言的男人看着她时,她却无法压抑自己的渴望了。她太期望这一切有所不同,在今天,哪怕并没有什么善意的事情发生。

她颓然地叹了一口气,转身要走的时候,陌生男人忽然又问:

为什么你们现在体育课不跳马了呢?

她心下十分委屈,不想再理会这无聊的男子。她用几乎快要哭了的声音说:我不知道。

而男人却忽然又说:你能出来吗?

吉诺这个时候已经迈出步子要离他去了。她忽然怔住了。她转过头去问他,出去?现在?

是啊。男人点点头,肯定地说。

你让我出去做什么?她的声音有些迫切,甚至充满鼓励,仿佛她一直是一只被囚禁在动物园铁笼里的兽,不愿意放过任何一丝可以逃脱这铁笼的希望。

他想了想,说:我请你吃冰淇淋吧。

两分钟后,女孩吉诺像是一只衔了新鲜花朵的鸟儿一样快乐地跑过篮球场,跑过她那些吃惊地看着她的女伴,她们肯定发现,在吉诺和一个陌生男子攀谈一番后,她竟然不顾仍旧在上课,冲出了操场。跑向学校大门口的时候,吉诺自己也觉得这太疯狂了。然而她是多么开心,她不能控制,也对于将要发生的事一点也不期许一点也不猜疑。她只是知道自己在这一刻是如此的开心,甚至还有些骄傲和扬眉吐气。就像一个一直被压着肩膀走路的人,终于舒展了身体。她也说不清她在表演给谁看,可是确切的是,她觉得一切好比一场万人观看的精彩大戏,而她是备受瞩目的女主角。

她只有在飞快地跑到学校大门口的时候才忽然停了下来。她把身体压低,几乎蹲在了地上,然后一步步向前挪动,还好她是个小个儿,这样一来头顶低过了传达室的窗台。于是她顺利地从她爸爸的眼皮底下逃出了学校的大门。

陌生的男子果然已经站在大门口等她。他远看去过分地瘦削,像是一直吸了大麻或者一直重病缠身。可是不知怎么地,吉诺却觉得他是那么坚如磐石的一块力量。

3

你看我半天,把我叫过来,只是为了问我,我们跳马不跳?吉诺坐在咖啡店那翡翠色新鲜可人的水果椅上享用一大碟红豆雪沙冰时,忍不住要问坐在她对面的男人。这间咖啡店就开在学校对面的小街里,门口有一丛一丛柠檬浅绿的蒿草,木头栅栏上扎满了葡萄香槟色的团花，像个幽秘的小庄园一样令人对里面的世界产生无限遐想。她还从来没有试过这样轻松惬意地坐在一家冷饮店里和人说话，于是刻意地把说话速度放慢了一些。店里飘着一个外国女人的歌声，女人细碎的声音也像这甜品上的冰屑一样清清凉凉的，好像一碰到热乎乎的耳朵就融化了。

男人要了一杯热牛奶，此刻他正把桌上插在小盒子里的糖包撕开，淅淅沥沥地把绵绵的白糖倒进去。吉诺很少见到男人在喝牛奶的时候加白糖，当然吉诺也很少见到除父亲以外的男人。所以她感到很新鲜，全神贯注地看着他大口大口咽着甜腻的牛奶。男人摇摇头，用手拂去黏在嘴唇边的一层薄薄白色奶皮，说：也不是，我也可以问别的。叫你过来的时候其实我还没想好。

吉诺通情达理地点点头。他们又都不说话了。吉诺这是第一次被男人约出来，她没有过男朋友，甚至很少男性朋友。因为她看起来是个相当沉闷的姑娘，小个儿，眼神有点虚渺，不够坚定也没什么力量。不过这都不是重要的原因，重要的是她的爸爸。吉诺的爸爸是个看大门的粗汉，这个全班的同学都知道。她隐约地知道，惹是生非的父亲也曾在这所学校当过老师，但因为犯了错被处分。不管怎么说，自吉诺懂事以来，爸爸就像一个恶狠狠的罗汉一样把守在学校大门口。他的脾气很坏，曾经因为同学进大门不下车或者高声说话而和他们发生过争执，他甚至还动手打人。他是个粗短结实的胖子，力气大得吓人，有次他竟然在打斗中折断了一个男生的手臂。学校险些辞退他，然而终是因为他已经为学校服务了大半辈子而网开一面。不过自此大家都知道，那个凶神恶煞的看门人就是吉诺的爸爸。所以谁还敢跟吉诺走到一起呢?那是一件多么危险的事呵。

有时候吉诺觉得她爸爸是四面阴森森的大墙,把她严严实实地圈在了里面,她是完全孤立的,甚至无法要求救援,所以她渐渐失去了言语,变成一个在男孩儿眼里有点乏味的姑娘。

"反正我也不指望谁会来爱我,救我。"她自己这样告诉自己。她总是能用一种桀骜的口气把自己说得哑口无言,让即便再无趣的生活都能吱嘎吱嘎地像个笨拙的旧纺车一样继续转动起来。不过这一天她才知道,她其实是多么盼望有个男子能出现,哪怕只是像现在这样请她吃一客冰淇淋,象征性地把她带离那座她几乎走不出的学校。

"可你出现在这里肯定是有目的的。"吉诺忽然十分肯定地说。她吃得很慢,她对于甜食的偏爱很少能够真正得到满足,所以在这样的时候她觉得应该放慢速度,好好地宠溺自己。她其实一点也不关心为什么男子会出现,她只是希望有个话题像是空气中飞来飞去的尘屑一样让周围气氛都活跃和生动起来。

"唔,真的没有什么确切的事儿。我从前也在这所学校读书。"男人被她这么一说,忽然有点不安了,十分认真地解释道。吉诺抬起头,看看男人的脸,他如果超过了三十岁,那么在这里读书至少是十几年前的事。

"你很久没回来看了?"

"嗯,大概有十五年。"他说。

"天,十五年,那么久,你搬去了离这里很远的城市?"吉诺惊讶地问。

"嗯。"他回答。

"现在回来看看,很动情吧?"吉诺依着他的神情,猜测道。不过她却是无法体会的。对于这所学校的一种眷恋,她只是想着赶快离开,仿佛这是在梦里都拖累她逃跑的沉重尾巴。

"变化并不是很大。"男人想了想,十分客观地评价。

"唔,十五年前,"吉诺想了一下,"那个时候我爸爸也在学校里的,你见过他吗?"她问。

"他是做什么的?"这个时候已经是上午太阳最好的时候,整个冷饮店里洒满了金沙子般的阳光。男人把身体慵懒地靠在椅子背上,和蔼地看着她,悠悠地问。

"他——好像也做过老师吧。"她却忽然感到说起父亲根本不是一件多么光彩的事。男人点点头,没有继续问,隔了一小会儿,又喃喃地说:

"我们那个时候体育课是跳马的。"他再次提到跳马。

"是吗?但我好像从来没在这学校里见过那东西。"吉诺说,她感到了这个男人对于跳马有着非同寻常的留恋。

男人点点头,趣味盎然地继续说:"我们那个时候是男生一大组,女生一大组。围成个半圆的圈子。轮到谁跳谁就走到助跑线前面,助跑,然后一跳。"

吉诺点点头。

"女孩儿们都不大敢跳,老师都得在旁边扶着,跳过来的时候抓她们一把。"男人继续说,显得有些兴奋。

吉诺又点点头。她实在不懂这项体育运动究竟有趣在哪里,值得他一遍又一遍这样地回味。但是她也觉得这个男人在沉湎于这项体育运动的回忆中时,格外地动情。因为动情而流露出和他年龄不相称的稚拙。

"就是这样,先助跑,跑,跑,然后到了大约还有一米远的地方开始起跳,双手一撑,嗖的一下就飞过去了。"男人像个体育老师在给学生讲解动作一般,认真地说着每个分解动作。他说的时候两只手还在比划,流畅地在空中划过一个大半圆的圆弧。吉诺看着他在看自己,就又点点头,表示听懂,学会了。

这个时候,吉诺听到男人手腕上的电子表啪嗒一下弹起了盖子,然后吱吱地叫起来。她才注意到男人戴着一块已经落时的,大约是在十几年前的孩子中流行的卡通电子表。电子表有个做成卡通动物图案的表盖,表盖上的塑料漆基本磨光了,已经根本无法分辨是个什么动物。黑色的塑料表壳就像个开了口的蚌,被一层一层地用浑浊颜色的透明胶带五花大绑起来,以免立刻散了架。表带也裂开了,像一条身上被割满纹裂的待煮的鱼,软沓沓地搭在他的手腕上。男人听到手表响起来,十分平静地按了一下电子表侧面凸出来的按钮,扣上表盖,然后微笑着对吉诺说:

"九点五十分,体育课下了。"

吉诺有些吃惊他对于体育课下课时间的敏感,但是她更惊讶于他的微笑。他自出现到现在一直是十分严肃的,甚至是略带哀伤的。而他的微笑来得十分突兀,却竟如蒙昧少年般纯澈。

尽管吉诺已经有意放慢了速度,可是红豆雪沙冰还是吃完了。吉诺很担心男人提出来要走。她一点也不想回去。虽然她并没有觉得男人有什么特殊的魅力或者格外生动有趣,可是在她看来,他却十分可爱,哪怕是有点啰唆地一遍又一遍重复着体育课和跳马动作,哪怕佩戴着有些滑稽可笑的儿童电子表。何况她还感到了一种从未有过的歇息下来的闲适。就是这样,像个成年的受到欢迎和照顾的姑娘那样,在日光和煦的正午,坐在玻璃亮堂堂的咖啡店里,微笑着,和缓地说着软绵绵的话儿。

于是她做出格外兴致盎然的模样,问:

"说说你从前的故事吧,我猜你是个有很多故事的人。"事实上,吉诺并不确定男人从前是否有着丰富的故事,她只是看过这样的电影,一脸沧桑和落寞感的男人坐在年轻女人的对面,眼白浑浊而布满再多的睡眠也驱赶不尽的血丝。女人要听男人的故事,因为男人看起来幽深的回声婉转的峡谷一样引人入胜。她对男人说,告诉我你从前的故事吧。于是男人开始诉说,故事很长,也很忧伤,像个怎么也织不完的锦帕,渐渐渐渐地把女人织了进去,女人最后变成了锦帕上的一朵小花,镶进了男人壮丽的一生。吉诺的内心隐隐地触碰到了这样美好的一幕,于是她学着电影里女人的口气,让对面的男人也讲讲他的故事。

"我的故事?那很单调,会令你失望。"男人说,但是他的语气有些犹豫,一场诉说在即。

"没关系,就是随便说说,比如,你来这里之前在哪儿,做着什么。"

男人想了想,点点头,同意说一说他的事。吉诺叫过咖啡店的女侍,又叫了一杯拿铁咖啡。听着吧台的咖啡机嗡嗡地转起来,而男人富有哀弥的磁性的声音漫散开来的时候,她忽然觉得,生活是这样的美好,从来也没有,这么美好过。

"你常做梦吗?"男人这样开始诉说。

"不,几乎不做。"吉诺回答,这的确是个令她十分灰心并且感到羞耻的事情。她几乎没有一个梦,连对美好生活的臆想都是不曾有的,这是多么可悲的事。

"嗯,"男人点点头,"我从前也不做梦,我是说,大概十五年里,我什么梦也没有做过。日子就像死去的人的心电图一般,是一条没有波纹的直线。"

"嗯,嗯,是这样的。日子对于我也是如此,没有任何玄机,乏味得真想永远闭上眼睛打着瞌睡。"吉诺显得有点兴奋,她连连点头,她觉得男人的比喻太正确了,这正是她的感觉,日子就像死人的心电图。正是如此,然而却从来没有人和她做过交流,她也没有对此细细想过,每个日子都仿佛一个囫囵的枣,被她一点汁水也不渗透出来地吞食着。忽然间被男人说破,她有些百感交集。

"不过,"男人听完吉诺的附和,又说,"我最近开始做很多梦。忽然之间,做很多的梦。并且梦的内容大致相同,都是回到从前的同一时间、同一地点。每天晚上一躺下,就好像套上了缰绳的马,身不由己地非得要到空旷的场子上跑上一遭,真让人着恼,最后终于决定回来看看。"

"你是梦到这学校?"吉诺明白过来他梦到的是学校。

"嗯,是啊。"男人说。

"那你梦到这里发生了什么?"吉诺又问。

"什么也没有,只有她的脸。"他轻轻地说。声音像是发生在清晨的易被忽视的薄雾,却幽幽地漫过来,蒙住了吉诺的视线。

"谁的脸?"吉诺疑惑地看着他,而他已经像是进入了一个深暗的山洞一样的,隔着薄雾,她看到他的脸色蒙上了一层从冰冷的大岩石上揩下来的尘灰。

"她的。"他说。

4

他十分清楚,有关她的脸的梦陡然变得清晰是在母亲死后。上一个周末他的母亲死于肺癌。她在临死去之前的一段,忽然变得十分不安稳。她不停地在床上翻动,不断地穿过厚重浑浊的梦,清醒过来,用清楚得惊人的声音唤他,用力抓起他的手。他知道她要对他说什么,她是要他老老实实地待在这座城市,不要再回到 B 城,不要去做不应该的事。她十几年如一日地重复着这样的话,已经令他十分厌倦。他一直忍耐着,他也知道,在她弥留的最后时刻他理应继续忍耐,然而却不知是怎么了,他忽然变得十分不耐烦,纵然是她即将死去,他也无法被打动。他站得离她的病床有相当长的一段距离,漠漠地看着她。他感到炎热,其实已经是秋天,他穿得也很少,可是他感到十分燥热和口渴。很多个小时里,他坐在医院外面的长椅上,精神亢奋,无法进入片刻的睡眠。在这些时候,他感到母亲好像是一块阻挡在他和睡眠之间的巨石。他现在被困住了,坐立不安,到处乱撞。他想也许只有等到她死去,他才能解脱,才能好好地睡下去。

最后的时刻,母亲还在唤他,一遍一遍,她伸直的枯瘦的手臂,宛如藤蔓般缠绕住他的手臂,他被拉到她的面前:

"不要回去。"她的声音因为过分用力而显得有些恶狠狠。然后她收敛了呼吸。那藤蔓像松弛的橡皮筋一样无声地垂落下去。

他忽然感到如释重负。

他回到家整理母亲的遗物。他把属于母亲的东西都敛在一起准备烧掉。房子骤然变得空了,也陌生起来。他环视这套空洞的房子,怀疑这是否就是他和母亲一起生活了十五年的地方。他曾是多么痛恨这房子,这里是暗仄的囚笼,潮湿得令记忆不断地生出森森入目的绿色苔藓。

他一直记得最初搬来的那些日子。来的时候,他带着一只被洗得空空的胃,几乎是在昏迷中被母亲带到了这里。他紧紧地闭着眼睛,希望再也不用睁开。母亲叫人打好铁门,安装了三道门锁,阳台也严严实实地封好,两道相隔的铁栏杆近得只能伸出一只手,并且用厚厚的纱窗隔绝了外面的玻璃。家里没有刀具和任何利器,连剃须刀也不给他留下。他被关在一间用软布包了墙壁的小房间里。只有床和吃饭的小圆桌。他躺在床上,藏在被子里希望不要被劲猛的阳光照到。

母亲一直陪着他。她总是搬一把椅子坐在他的床边,直直地看着他,脸上没有任何好恶、喜怒的表情。那时他已经不再流泪。他也终不能逃避地睁开了眼睛。他也直直地看着她。他们什么也不做,只是这样对坐着,有时候听到隔壁的劣质音箱放着沙哑嗓子的男人唱的情歌,有时候听到遥远的楼下街道开过一辆哀声大作的救护车。还有他的卡通电子表,作为珍惜的宝贝,他一直戴着,他们听到它滴答滴答地响,像个穿破了尘世的木鱼,让他觉醒,让他在这里永远地沉寂下来。直到中午母亲走出去,他能听见上锁的声音——他被反锁在房间里。然后母亲下楼买菜,之后他能听到厨房里烹烹炒炒的声音,直到房门再次打开,母亲端进来几个盘子,里面是熟烂的蔬菜或者肉泥之类的东西,绝对不会出现整条带刺的鱼,因为他曾企图利用锋利鱼骨卡在嗓子口的办法弄死自己。

甚至连餐具也都是塑料的,因为他也曾尝试过用瓷碟子的碎片割腕自杀。在他一次又一次为了争取死亡和母亲作的斗争中,他都以失败告终。而一次又一次,母亲改换着这个家里的一什一物,像是一个通过修筑自己的城池不断强大起来的首领。没有瓷器没有刀具,没有尼龙绳子没有沉重的铁器。她还给他吃药,让他没有力气挣扎反抗或者逃跑。他越来越难以得逞。

他就在这狭促的房间里吃饭睡觉,用痰盂大小便,剩下的时间就是坐着,和母亲面对着面。他们一言不发,房间因为太静,能够听到彼此的呼吸。他的呼吸总是很急促,由此可知他仍旧活在对一些往事的沉湎和深陷中。可是母亲只是冷静肃穆地坐在他的对面,宛然是一尊值得景仰和膜拜的菩萨塑像。然而她又是如此寻常,只等着下一顿吃饭时间的到来,起身出去做饭。

他若无其事地吃喝发呆,然后伺机自杀,他试过割腕、吃药、撞墙壁,企图跳楼,吞咽鱼骨……可是母亲的力量是这样的巨大,她一次又一次挽救了他的生命,她被他手中的刀划伤过,她被他的挣扎踢得伤了踝骨,可是她还是坚强地挽留他,并且不对他大发脾气,甚至很少言语。她只是默默地任他折腾,照常地收拾着残局。

日复一日。直到很久之后一个大雨初晴的午后,暖和温好的阳光射进来,那一刻的炫目是他始料不及的。他像是被棒子打醒了。他借晖光端详着母亲的脸。他发现她已经老去了那么多,她曾是优雅而一丝不苟的女子,脑后的髻总是整整齐齐地高高挽着,在固定的位置插上一根绛红色镶满水晶颗粒的簪子。可是现在她的头发很乱,白色的也不算少,搭在她很久没有修过的眉毛上,像是好几季没有人过问的野草。她虽然这么端好静穆地坐着,可是他发现她毫无气力,纵是她努力地挺直身体,亦带着无法扳直的弯度向前倾斜。他觉得她像是个漏洞百出的木偶,牵强地站在台幕前,艰难地应付着,只等着落幕的一刻。她是这样的不可一击。

因着他和母亲上一次激烈的争执,母亲的脚踝受了伤,现在仍旧肿着,曾经纤细的小腿上好像忽然结了一个硕大的瘤。应该会是多么疼,可是她从未说过。她宛如一面默无声息的墙壁,一次一次无声地把他狠狠发过来的球挡回去。

倘这不是因为她那么地疼爱着他又是因为什么。

倘这世上除却如此姑息放纵他的她,他还剩的什么。

他张了张嘴。母亲看到了,她立刻站起来,问:是要解手吗?

他摇了摇头,终于张开嘴。因为太久没有说话,他用力了好几次,嗓子口才有了振动。他说,你以后不用再守着我了,我想通了,不会再寻死了。

母亲的嘴角僵硬地被牵动了一下,她的表情如一个小女孩儿一样地委屈,哀怨地问:是真的吗?

是,他说。他注意到他那已经迅速衰老的母亲的整个身体都在颤动。他甚至有些担心她因为过于激动而昏过去。

母亲又说:能不能答应妈妈,永远也别离开妈妈,更别再回 B 城去?

他想了想,说好。

然后就是十五年。有时候忽然想起,他会对这个数字十分怀疑。十五年应当是多么长的一段时光,可是竟然那么轻易地让他过成了短短的一束,像是嗖的一下,就从他的眼前飞掠过了。而这是确切的,十五年里,他和母亲两个人相依为命地生活在这套房子里,他们之间的话越来越少,最终把日子过成一种简单而机械的重复。母亲找到一份纺织厂女工的工作,每日清早上班,天黑回家,很是辛苦。起先他每日待在家里,看看电视,买菜,烧他和母亲的饭菜。他想出去工作来帮母亲,然而那一年他才只有十七岁,母亲始终不同意。直到他过了二十岁的生日,母亲才勉强同意他到街口的小型超市打零工。他做过收银员、仓库保管员。但是他的脑子却因着从前的事明显受到损伤,不能记得一些确切的数字,总是出错。他一次次被辞退。最后他在这座小城的游乐园里找到一份轻闲的工作。游乐园里早年建了一个观景塔,现在因为陈旧而很少有游人登上去游玩。后来游乐园买了一架十分高级的望远镜放在上面,一元钱可以看一次。望远镜的功能强大,一直能看到毗邻的城市,甚至某个居民楼上正在拌嘴的夫妇。于是开始有了游人。他找到的工作就是看管这架昂贵的望远镜,并且对游人收费。他对这个工作十分满意,因为他在没有游人的时候,自己站在镜前观看,一直可以看到 B 城去。他坚信,远处那蒙蒙的一片显现着微略的暗红色的,就是 B 城。

像额头上的一块血斑。他想。

他就这样,白日里坐在观景台,懒洋洋地倚着墙壁,眯着眼睛望着那架望远镜。他也会格外好心地让没有钱的小孩子凑上去观看。他现在在一个很高很危险的地方,他望下去看到行人像是仓皇的蚂蚁,然而他却一点跳下去的欲望也没有。他只是知道,他妈妈在等他回家吃饭。

他和母亲,除却母亲上班的时间,都会待在家里。尝试各种新式的菜肴,收看乏味的电视长剧。生活中始终是他们两个人,除却工作中必须打交道的他的或者母亲的同事,他们没有朋友。他也没有过任何女人,从来不会和女人搭腔。母亲亦没有再嫁,尽管他们刚来到这座城市的时候,母亲还是个不到四十岁的风韵犹在的女人。

恍恍十五年。

转眼他已经三十三岁。有时候就在他倚在观景台的矮墙边上时,他想这十五年过得如此之快,也许和他连一个梦也没有做过有关。他不知道世界上有没有像他一样活着的人,仿佛生活在一个十分细薄的平面玻璃板上,连一个凹凸显现的梦都没过。可是他毫无抱怨,只是在母亲死去的时候,他才流露出一种厌倦和疲累之后终于解脱的轻松。然而他旋即又因此深深地感到愧疚。他觉得母亲的恩慈值得他永远不息地去凭吊和怀念。

不过,随后,梦来了。

那个夜晚他第一次一个人在这套房子里睡觉。他感到害怕,却也不敢开着灯,他生怕再看到那些堆在房间里的母亲的旧物。直到半夜才渐渐入睡。居然开始做梦。梦就像是厚实的帘子,因为太久没有练习的原因,他感到自己就像笨拙的兽,粗钝地大口喘息着,终于费力地钻进了梦。

那是她的脸。像是水面搅碎的月光一样幽怨地荡漾,渐渐平静之后终于盈满成完整的一个。他不知道是应该害怕还是欢喜这样的梦,可是越来越多的光聚过来,女人的脸已经格外清楚,却仍旧那么的潮湿。他知道,他应当打捞起她,掬捧起她,像是他过去疯狂地爱着她时那样。她开了口,声音却仍是旧样子,小女孩儿那样的清脆。她说,他母亲离开了,她才敢来,进到他的梦里。他不知道她为什么这么说,可是他听到她话中的幽怨,他的心就很疼。疼得像是刚失去爱情时那样。他开始觉得,其实这十五年根本没有长度和质地,他现在仍旧在他的十八岁里,面对着他蓬勃的爱情和那张蓦地跌落的她的脸。

所以,他决定回去,这是十五年前他应当做出的决定。在料理好母亲的后事不久,他回到了 B 城。

5

他把故事说到这里。中午已到,窗外的街道开始忙碌,吉诺看到她的同学骑着自行车回家,他们都没有看到她,他们不会知道她在这里度过了一个相当奇妙的上午。

她知道她爸爸等不到她去吃午饭,肯定发怒了,也许在到处找她。管他呢。她对自己说。她第一次对自己说那么洒脱的一句话,像是成功地发射了第一颗人造卫星一样欢欣鼓舞。她喜欢他的故事,尽管这个故事只是一段,她也好奇故事的全部,却并不焦急,她开始把自己完全放开,让自己沉溺于他的悠长和缓的诉说。她停了一会儿才有些惋惜地说:

"你妈妈是个了不起的母亲。"

"是的。"他表示同意。

"唔,不过,你到底为了什么事情非得自杀呢?梦里出现的那个人,又是谁呢?"吉诺已经猜测到后来进入他的梦的当然是他的爱人,并且她显然已经离他而去。原来这其中还是个哀婉的爱情故事,她想。

他不回答,只问她:"中午到了,你需要回家去了吗?"

"不,不,没有人管我的。我想听你说故事呢。"吉诺一听他说到走,脸色都变了。她其实也不知道自己打算怎么办,她爸爸在找她,她得上课,而这些都不再重要。她成功地跳离了每日每天里机械重复的生活。她现在只是坐在这里,听刚刚认识不超过三个小时的陌生男子说着虚无飘渺的故事,然而她却那么笃定地使自己相信,她从此将过上一种非同寻常的生活。

他微微一笑:"你爸爸会担心你的。"

"没事的,你继续说呀,好不好?"她连忙催促,口气竟然有一点像是在撒娇。她内心微微怔了一下。因着这么多年来,她从来没有对谁撒过娇。她的生活中只有父亲一个男子,而他却像是冰山,那么坚固、冰冷,让她不可靠近。可是现在她竟然可以撒娇,像是所有这么大的女孩一样享受着她们特有的权利。

他显然喜欢她这样,她刚才说话的时候声音略略地发嗲,淡淡粉红色的小腮帮一鼓一鼓的,像是正在迎风盛放的杜鹃花。于是他点点头说:

"我们边吃边说吧。"

这个中午,吉诺吃到了生平第一块牛排。牛排放在铁板上,嗞嗞作响,脆白的洋葱红艳艳的番茄,还有葡萄酒做的酱汁,她笨拙地刀叉并用,嘴角沾满油渍,一片忙乱。黄澄澄的通心粉,拌着红艳的番茄酱十分诱人。她自己就吃下了那分量十足的一大份。她虽不是一个对食物十分贪恋的人,却也在这个中午显现出一种超乎寻常的激动。她终于不用再和父亲坐在乱哄哄的小快餐店里吃那些难以下咽的食物,她也不用因为对面坐着的那个粗俗男人发出的响亮的咀嚼声感到难为情。她对这一切充满感恩。她的恩人还带着哀婉动人的故事,他又开始了诉说。

6

跳马。他还是要提起跳马。不,不,他其实不是要先说起跳马,他是要说她。可是他一想起她,就会想起跳马。他的梦里,她就一直在奔跑,然后一跃,跳过去。这一幕就像是一卷发了狂的录像带,反反复复地播放着这一段,而她在里面像是一只上了发条的豹子,敏捷地飞跑,然后十分轻盈地一跃而起。他在梦里大声喊她的名字,他请求她停下来。他的脑子里映着她的脸,亦能看到她愁怨的表情,然而她的腿脚却不止不休。她越跑越快,轻得宛如飘拂的叶片一样无声无息。每一次在腾空的一刹那,他觉得她的身体会骤然哗啦一下,散了架。他甚至怯懦地蒙住了自己的眼睛,只是仍旧大叫她的名字。

他惊醒,知道她从未离开那架跳马。他疑心灵魂并非人们所说的那样,能够顺利地脱离肉身并且飘上天空,顷刻间重获自由。他觉得这灵魂就像一条软绳一般的,被死死地缠绕在世间的一处,无论如何都无法得以解脱。

他于是决定回来找到那跳马。他觉得他必须,把她的灵魂从上面解下来。

他回到 B 城。他还没有回到学校,只是在火车刚刚在这个久违的城市停靠的时候,他就感到了扑面而来的她的气息。事实上,她的气息密布了这整座城市的天空。哪里都是她影子,他们的影子。他想起他们曾一起来过火车站。他们计划着私奔,他和她牵着手,也是秋天,不过时节比现在还要晚些,她穿了厚厚的毛衣仍旧瑟瑟发抖。他们在月台边站着,火车隆隆地叫起来,然后像个打着呵欠的响尾蛇一样上路了。他们只是看着,累了就坐下来,她从她的橙色背包里拎出一罐可乐递给他。她还喜欢在包里放些花花绿绿的小零食,所以如果他们在这里坐得久了,他就会看到她从包里陆续拿出话梅或者草莓软糖这样的零食。他们之间的对话反反复复就是那样的几句:

她问他:"我们走吧,就现在。"

"嗯。"他十分坚定地点头。

"我们去一个他们都找不到的地方,自由得像是大森林里的小浣熊!"她说,她每次说的时候所用的比喻都有所不同,可却都是一样的激动,眼睛一直盯着从身前离开的火车,一只手紧紧地抓着他的手。

"好。"他十分诚恳地表示同意。

这是每个黄昏里他们放学后的一段时间。他们喜欢来这里,像对将要私奔的小情人,内心澎湃地站在这里等待着出发。然而又在每一个夜幕降临的时刻,他们照旧骑上单车,他送她回家,然后亲吻她的脸颊,恋恋不舍地说再见。而这在火车站深情的对话仿佛只是他们每天延续着的家家酒游戏。当然在这种不能每时每刻厮守的爱情煎熬令他们都十分痛苦。可是他请她谅解。现在的他,仅仅是个高中生,他没有能力给她什么——他深知这是一个多么需要保护和关爱的女孩,她的父母双双死于车祸,她在舅舅家长大,是个懂事很早,极少给人添麻烦的安静女孩。她的柔弱和身世凄苦令他心疼,并且更加想要好好地照顾她。

所以他很少对她说起他家里的事。他的父亲在他两岁的时候爱上了别的女子,最后决绝地带着那个女子远走高飞了。他和母亲一直是相依为命的,他就是母亲的全部天空。他常常想,倘他真的就这样悄无声息地一走了之,母亲的生活是否还能继续。在遇到她之前,他从未违背过母亲,他竭尽全力地读书,一心想着以后能给母亲好一些的生活,让她不再那么辛劳。

可是他无法抗拒她。她盛大而美好,像是他童年时闯进神秘肃穆的天主教堂猛然间抬头看到的炫目的玻璃花窗。是的,他不仅觉得她美,还觉得她带着一丝一丝神圣耀眼的光芒。自她在高二开始时,忐忑羞赧地被老师带进班级,安排在他斜前方的位子上,他就被她耀眼的光芒蒙住了。从他的座位的角度看过去,能够看到她的侧脸,上午的阳光从窗外照进来,打在她的脸上,像花儿一样一片一片花瓣地打开,然后蕊的香气就迎着他漫过来。他怎么能抗拒呢。

像大多数情窦初开的少年一样,他急于向心爱的人表达自己的情感。他来到她的面前,终于有一天。他穿着干净的校服,瘦高和十分白皙的皮肤使他看上去有点诗人或者贵族的气质。他很直接地对她表达了爱意。令他欣喜万分的是,女孩接受了他。他们开始偷偷地相爱,甜蜜而心惊胆战。

那绝对是一份炽热得不能更加烫手的爱情。烧坏了他们的头脑,他们都变得软绵绵的,丧失了斗智,只是想一分钟也不分开地厮守在一起。这份爱情的热烈,使他们没有觉得有什么禁区是不能逾越的,或者说,他们觉得理应毫无保留地彼此拥有。于是他们开始做爱。他们是这样地欢喜彼此的身体,深溺其中无法自拔。他们开始不再去月台眺望远走的火车,不再排演着私奔的二人话剧。他们开始在放学后急匆匆地跑去学校旁边的一间小旅店。那里暗仄潮湿,只有一张床单洗得花花搭搭的双人床。可是这里成了他们最神圣最奇妙的游乐场。

她怀孕了。他才意识到事态的严重性。他想带她去动手术,她却是不肯的。她十分坚定地告诉他,她的妈妈在天之灵看到她要拿掉这个孩子一定会很伤心。她想要生下这个孩子。她觉得学业那些于她都不那么重要,而她一心想要保有这个用他们之间炽烈的爱打造的小孩。她的想法令他十分吃惊,然而他却也无法不感动。他知道她从不懦弱,自怨自艾。相反的,她勇敢而义无反顾,从不知悔改。

他觉得他必须和她一起承担,既然她已经这样决定了。他带着她去见他的母亲。他和她坐在一边,母亲独个儿坐在对面,下午的咖啡馆,黑洞洞,生生的冷。他字字恳切内心忐忑地对母亲讲述了他们之间的一切。她坐在他的旁边,把手放在他的双手间,低着头,只是听着他的诉说,一言不发。他的母亲的脸像是一块已经板结的石膏那样的冰冷坚硬。她也一言不发,却死死地盯着坐在儿子身边的女孩。她看起来是那么单薄瘦弱,可是她却有着这样大的力量,她现在要把她的儿子带走。生生地从她的身边,把他拽走。

他说完所有的事,最后请求母亲让他们一起离开。他说他会等她生下孩子之后,寻找新的机会继续念书,他也会在找到工作赚到钱之后回来看望母亲……母亲仍是紧闭双唇死死地盯着那女孩,半天她才对女孩说:请你离开一下,我想单独和我的儿子说话。

女孩有些受惊,站起来惶惶地走出了咖啡馆。

母亲看着他,一字一句地对他说,你不许离开我。你不许像你的父亲一样背叛我。所以没有任何可能你带着她走,除非我死掉。让她打掉孩子,从此你们不再来往。

他虽知道母亲一定会十分伤心气恼,可是他却仍旧没想到母亲会是这样的决绝。没有丝毫商量的余地。

战争开始了。他不断地请求母亲,他甚至给她下跪,求她的宽恕。可是却没有丝毫转机,母亲表现出异乎寻常的冷酷,他根本无法动摇她半分。

然而女孩的反应却越来越剧烈,上课的时候呕吐,冲出教室去。他必须带走她,不然迟早会被发现,使她成为全班的笑柄。

他们开始密谋悄悄逃走。但是这的确需要一段时间。他到处凑钱,先后卖掉了他的网球拍、运动球衣和球鞋。他还借了很多朋友的钱。这时候他已经对母亲很冷漠,早出晚归。他对于母亲的不谅解失望透顶,不再向她恳求什么。

7

"你们顺利逃走了吗?"他突然停了下来,吉诺连忙问。故事已经变得十分激烈,她不能不被后面故事的发展所牵动。她已经十分喜欢眼前的这个男人,他叙述的故事绵长哀伤,那份对他的爱人的感情分明地渗透出来,令他变得犹如古希腊神话中将要殉情的王子一般的迷人。

可是他没有立刻把故事说下去。他停顿了一会儿,然后看看窗外,他说:"下午的课已经开始了。"

"嗯。"吉诺附和道。

"你能带我去学校里面看看吗?"他用了一种她根本无法拒绝的企求的口吻。

"你想看什么呢?"吉诺问。

"我想找到我们那个时候用过的跳马。"他说。

又是跳马。吉诺微微蹙了一下眉,她至今十分困惑跳马到底和他的故事有什么相干。她忍不住问:

"到底跳马怎么了?你为什么总是对那东西念念不忘的?"

"我会告诉你,现在陪我去找找它,好吗?"他仍旧恳求,迫切得已经从座位上站了起来。

他们离开了咖啡店向学校走去。吉诺内心有些恐慌,她想如果她爸爸此刻就端坐在传达室里,看到她和一个陌生的男人从外面走进学校,会怎么样。她整个中午都失踪了,却和一个男人在一起,她爸爸看到肯定会要了她的命。

于是在快到学校大门口的时候,她忽然停下来,并对男人说:

"你在这里等等,我去看一下。"男人点点头,他从不多问,这令吉诺感到舒服。于是吉诺悄悄地走到传达室的旁边,身体贴着一面墙,慢慢挪到窗户跟前。她把头探上去一点,刚刚能透过玻璃看到里面——没有人。她按捺不住内心的欢喜,冲着他喊:

"喂,过来啊。"他于是慢慢向她走来。忽然,吉诺有一种奇怪的感觉,她好像忽然体会到了男人和他的女孩一起跑去火车站想要私奔时候的心情。她一时有些茫然,不知道自己是谁了。她觉得自己是他的那个小情人,那个义无反顾地怀了他的孩子也不后悔的姑娘。他现在向她走过来,他们好似要去做一件十分伟大的事情,他要领着她走,逃开这围困她的鬼地方。啊,多么好。吉诺兴奋的脸上淌下汗水来,她感到自己就像一只放进温暖烤箱的面包,身上都流淌着甜腻的糖蜜。他走过来的时候,她犹豫都没有犹豫,她抓住了他的手。而他好像并没有十分意外,也没有抗拒。

她牵着他的手穿过学校的几座教学楼、操场,然后到了学校的后墙根下。这里依着学校的后墙有一排平房。敞开的窗户上镶嵌着半块半块参差不齐的玻璃,青色水泥墙上隐约留着小孩子用粉笔画上去的凌乱的涂鸦。四周生满了荒草,秋天里的枯色一片。显然,这里

是已经荒废很久。这里因为离她家住的那间小屋不远,所以她比较熟悉。她对他说:

"这里有好几个废弃的教室,也许放着从前的体育器材也说不定。我们一个一个进去找找吧。"男人点点头。

他们推开一个又一个教室的门,扑面而来的是浓浓的尘灰味道。蜘蛛网密布,地上有仓皇躲闪的老鼠,而受了惊吓的蝙蝠也嗖地撑起翅膀,迎着他们的脸就飞了出去。吉诺有点害怕地躲到他的身后。他仍旧牵着她的手,向前走几步探着身子把房间里的东西看清楚——他们找到了废旧的乒乓球台、羽毛球拍、瘪了的篮球、半截半截的接力棒。

在他们进到倒数第二个教室的时候,他还没有向里面走去,就忽然停住了。他用沙哑低沉的声音,像是在对吉诺说,又像只是对自己说:

"它在那里。"这间教室十分空旷,吉诺穿过黑洞洞的房间里浓重的烟尘,看到了那架斜斜地站在教室一角的跳马。她陪着他走过去,拂开一圈一圈缠着它的蜘蛛网。她才看清它的四条铁腿还在,而上面那块皮子包裹的"马背"已经缺失了一半儿,皮子破损,磨光了,露出里面白花花的棉垫和线头。他眼睛一眨不眨地看着它。然后他缓缓松开握着的吉诺的手,伸过去,很认真地拂去上面的厚厚的土。他又搬起它,两只手像是托着宝贵的贡品一般地把它举起来,走到教室的中央。她跟着他走过去,一只手放在它的背上,碰了碰它。他看看她,像是对她带他来这里找到它表示感激。

他不顾地上厚厚的尘土,席地而坐,把背靠在跳马上,开始继续说故事,而她也慢慢地坐在他的身旁,她犹豫了一下,也慢慢地把身体靠在了他的身上。

8

他们一天天地准备,却迟迟没有离开。这中间当然有他没有凑足钱、没有策划好逃跑路线等等客观原因,然而最重要的是,他总是下不了决心。因为他知道他要放弃的是他十几年的努力,他将没有办法进入大学,没有办法实现他所有的梦想。就这样,一直拖到了学期末。

然后终于要提到跳马了。那个学期他们体育测试的项目是跳马。此时她的肚子已经很大,只是因为穿着肥大的衣服,又是冬天,所以没有被人察觉。可是她清楚自己是不能跳马的。万一摔倒,后果不堪设想。于是她去请假。她捏造了一个身体不适的请假条,去向体育老师请假。体育老师是个一脸凶相的男人,刚死了女人,脾气暴躁不可捉摸。他没有批准她的请假,他十分严厉地告诉她,必须跳!女孩说,我不要体育成绩了总可以吧。然后她转身离去。

跳马的体育测试就这样过去了。可是忽然在一个下午的自习课上,体育老师来到他们班,点名要女孩出去补考。女孩只好在全班同学的目光下跟着体育老师走出了教室。他坐在位子上,眼睁睁地看着那个恶狠狠的体育老师带走了女孩。他看到了女孩在走出教室前最后一刻抛给他的绝望而恐慌的表情。她会不会跳?跳的话会不会有危险?他的脑子里一遍一遍地翻滚着这些问题。他感到身体里的血液都沸腾了,心疼得好像就要裂开了。

他等在位子上,如坐针毡。他觉得自己就要爆炸了,可能会忽然冲破房顶飞出去。他后悔为什么没有早一点带走她,要让她留下面对这样的事,受这样的苦。

他等着等着,终于等不及了。他倏地从位子上站起来,不顾还在上课,也不顾周围同学诧异的眼光,冲出了教室。

外面已经是严冬,寒风凛冽。他跑下楼去,直冲操场。他在心里喊着她的名字,从未有过这样的一个时刻,他感到要立刻带走她,如此地迫在眉睫,再慢一点就来不及了,他脑中一闪而过这样的感觉。

他在操场的外面,隔着铁网已经能够看到她,她站在那里,面前几十米以外是跳马。跳马的旁边是体育老师。通常老师会站在左右扶一下。也就是说,她马上就要跳了。他必须绕到入口的地方才能进入操场。他现在只能眼睁睁地一边跑一边看着她,而她就要跳了。

他大声喊她的名字,叫她不要跳。不知怎么的,他感到了一种杀气腾腾的危险。可是她好像根本听不见。她已经开始助跑,她向着那跳马跑了起来。他也跑,隔着操场的铁网,他向着那个入口奋力地跑去,并且一遍一遍大叫她的名字,叫她不要跳。

有时候事情就是差这么至关重要的一小段时间。当他跑到入口处的时候,她恰好已经跳了。他能够清楚地看到她腾身的动作。他也清楚地看到,当她跨过马背的时候,在她侧面的体育老师并不是扶了她一下,而是好像推了她一下,或者是举起了瘦小的她,又把她摔下了。总之,那个站在跳马侧面面露狰狞的体育老师给了她一个可怕的力,她的身体在天空划过一条弧线,重重地摔在了地上。冬天的操场,土地都冻得结实了,甚至没有飞溅起来的尘土。坠落无声。

他看见这一幕,就像是电锯切割时那一束一束剧烈的火花都飞溅到了他的眼睛里。他啊地大叫一声,像是一个盲了的人一样摔倒在地,瞬间被巨大的悲伤吞噬了知觉,昏了过去。

他记得那一次他也做了好长好长的梦。那时候的梦就像他十五年后又梦到的一样。她在他的梦里跳马,像是在一个绕着圈的传送带上似的,一遍又一遍地跳马。助跑,腾跳。他的心随着她的动作剧烈地跳着,他喊她的名字而她听不见,直至他觉得最后他已经失声了。

这是多么惨烈的梦。而事实也和梦一般无异。她死去了。因为她腹中的孩子已经很大,孩子像是隐藏在她身体里不动声色的瘤,在这关键的一刻,要了她的命。但是所有的人,都以为那是个意外,不知情的体育老师让女学生补考,结果女学生摔了下来,死于流产。更多的人把目光放到了她腹中的孩子上,一个女学生竟然悄无声息地怀了六个月的身孕。多可怕。同学们也立刻知道这孩子应该是他的,一时间他和她的事传得满城风雨。没有人会注意到那场跳马有什么不寻常——意外总是很容易发生的,不同的只是这是个怀孕的女生。

可是他却是知道的,他永远也不能忘记那一刻,体育老师伸出手指粗短的双手,他给了她一个什么样的力?在她坠落在地的时候,他那狰狞的脸上划过得逞的微笑。是他故意要害死她!

他大叫,从长时间的昏迷中清醒过来。只有母亲守着他,他问,她还好么她还好么?那不是意外,是那个体育老师要害死她!他冲着母亲大吼。

母亲的表情十分平静,她抓住他颤抖的双臂,缓缓地,一字一句地告诉他:

"她死了,还有那孩子。"

他骤然松弛了下来。他觉得自己本应该有力气站起来,去找那个可怕的凶手算账,他以为他可以指正他。可是他忽然什么也做不了了,或者说,他觉得这些都不再重要了。不再有任何意思。她已经死了。他没有来得及带走她,而她现在死了。他只是觉得他应该跟随她,既然一直都没能带她离开,那么至少在她死去之后可以追随她去,一直伴着她。

他在那一刻之后,就只是忙着寻死了。

9

至此故事已经完整。

吉诺还依在他的身边。她一时不知道该说些什么,所以仍旧是一片静悄悄的。教室的门却忽然被推开了,刺目的日光射进来,吉诺看见像龙卷风一样一片梭形的尘埃在日光下飞舞,随后它们就都钻进了那个走进来的身体里,再也看不见了。吉诺看清走进来的是她的父亲。

父亲站在门口的地方,面上的表情愤怒而肃穆。她忽然觉得父亲很高大,完全遮住了射进来的阳光。她从男人的身上离开,坐直身体,错愕地看着父亲。

"你找我算账好了,放过我女儿!"吉诺看到爸爸像头子女被擒的豹子一样咆哮着。

吉诺看到她身边的男人的目光早已经像磁石见到铁一样,紧紧地吸附在父亲那张紧绷着的脸上。他缓缓地站起来。

父亲双手握着一根很粗的铁棒,摆出一副随时可以对抗的出击的姿势,喉咙里发出一起一伏海潮似的声音。他已经面对父亲站好,忽然从身后的腰间抽出一把弹簧刀。腾的一下,他打开了刀,刀子亮着铮铮的白光,宛如一个预示灾难的闪电从黑寂寂的天空划过。男人背对吉诺站着,吉诺看不到他的脸,但是他开口说话的时候声音颤抖得厉害,几乎是一种低声的抽泣:

"你为什么要推她?你说,为什么?"他低吼着,双腿在剧烈地颤抖,吉诺觉得身下的地面都震动起来。

吉诺看着男人的背影。她脑子里出现了大片的空白,她可以抱住男人的腿来解救父亲,她问自己是否要这么做,眼前的这个男子早已失去了彼时的温和,他现在像个点着了的炸弹,吐着吵嗞嗞的火芯子。他亮着他的刀,他是要杀死她的父亲。这是否是一场幻觉,这愉快的一天是不是一个骗局?如果男人带她走,是一场私奔还是一场绑架?

她却感到她身体里的力量在阻止她抱住他的腿来解救父亲。她不知道该如何是好,无助地把身体靠在跳马上。这时她的父亲已经开口说话了:

"其实你要算账也不该先找上我。"

"什么意思?"男人已经变得十分激动,他晃了晃手上的刀,颤声问。

"有人指使我那么干的。"她父亲说。男人和吉诺都是一惊。

"谁?"男人大吼道。

"是你的母亲。"父亲说,脸上掠过一丝狡黠的微笑。

"闭嘴!你在说什么?"男人像是被击中一样,上前走了一步,挥着刀子摇头,他不肯相信。

"你母亲要拿掉她肚子里的孩子,来求我这么做的。我起先不肯,不过她愿意拿跟我上床作为交换条件,唔,我那个时候刚死了老婆,正是寂寞,嘿嘿,所以我最后经不住她的诱惑,就答应了。不信,你可以问你的母亲是不是这样……"父亲说得一脸坦然,仿佛没有丝毫错误是他的,他是彻头彻尾无辜的。

"不!"男人仰天大吼,仿佛彻底崩溃一般拿着刀子冲着她的父亲捅过去。她的父亲连忙举起铁棒来抵挡。他们搏斗起来。

吉诺还靠着跳马坐在地上。她忽然变得格外镇静。她已经不再看两个男人的搏斗,只是伸出一只手,哐啷哐啷地敲打着跳马的铁腿,然后她侧着头,把耳朵凑过去,好像里面发出了什么奇妙的声音,如此地引她入胜。两个男人的搏斗好像发生在与她毫不相关的另一个世界。她觉得她在敲打跳马的时候,好像听到了那个死在跳马上的女孩的灵魂在说话。她的灵魂好像一直缠在上面,无法挣脱离开。

那边的搏斗仍在继续。男人已经占了上风,他的刀疯狂地挥舞着,险些砍伤了吉诺父亲的手臂。她的父亲仓皇地冲出了教室。男人随后举着刀跟了出去。

二十分钟后,男人沿着这排平房的边向着这间教室走回来。他身上的衣服被撕破了,胸前的皮肤有重重的抓伤痕迹。他的刀上还有鲜红的血流淌下来。而此时,屋子里的吉诺正把眼睛微微地闭起来,侧着头,耳朵贴在跳马的一条腿上,认真地倾听。

吉诺听到那女孩跟她说,其实在跳马助跑的时候,能听到呼啸的风声,很大很大,涨满了整个耳朵,让你再也听不到别的声音,于是不会有那些总也放不下的烦忧,你只是跑,像是穿过风去了别的世界一样地疾跑着,然后在腾空的一刻,你就会以为你飞起来了,就好比一只翅膀结结实实的鸟儿那样,离开了地面,你就会感慨,终于离开了,终于自由了,那一瞬间的感觉,是一种完完全全的解脱,很轻很轻,像是一支洁白的羽毛,美妙极了。

真的吗?比什么都美吗?比跟最爱的人在一块儿还美吗?吉诺闪着亮晶晶的眼睛问。

真的,比跟最心爱的人在一块儿还要美。飞起来的那一刻,忘记了所有的事,所有的人,就只是想着飞起来了,女孩说。然后女孩笑眯眯地望着吉诺,伸出手摸了摸她的小脸,把小嘴巴附在吉诺的耳朵边,轻声对她说:

现在这架跳马归你了,你也试一试吧。

男人再次走到这间教室门口,他身体摇摇晃晃,周围一片寂静,只有他粗重的喘息声。他一脚踩进来就看到,吉诺正在距离那跳马七八米的地方,她忽然向着那架跳马跑过去,然后在跳马的前面稍稍停顿,腾空一跃。

男人在门边的位置,只能看到吉诺的后背,可是确实有什么理由让他相信着,那冲上天空的一瞬,她是微笑的。

二进制

二进制法则：
0 满进位得 1，1 满进位得 0。这样循环往复。

0

四月的时候我回到 B 城，来到了湖山路。在回到 B 城之前的那段日子里，我在用一根木桠杈一样的笔写我的小说，在一座潮湿的森林里。我谁都不见，只有睡眠不断来袭，离间了我和我的小说之间的关系。每次睡眠都会走进蜿蜒的蟒状的梦魇里。我在螺旋状的梦境中跌落，然后我就跌落在湖山路。没错，B 城的宽阔的湖山路。大型的车疾驰而过，我站在路边不知道我是来看什么的。

这样的梦本也算不上异常糟糕的噩梦，可是我醒来的时候总是忘记了原定的小说结尾。我只好重新温习我的小说，然后决定结尾，可是这个过程里我再次被台风一样卷来的梦境击倒了，然后在另外一个恍恍醒来的早晨发现我又丢失了小说结尾。

这个循环往复的过程无疑使我对湖山路发生了巨大的兴趣。这是一条从前我并不熟悉的大路。当我开始发现它有着某种特殊含义的时候,却怎么也想不起它是如何铺陈的。于是我决定回到 B 城,我想也许我能在这里结束我的小说。

湖山路和我想象的不同,它几乎没有行人,只是车。飞快的车,我能感到司机在这条路上行驶的时候格外活跃的神经。

刚来到这条陌生的路,面对飞驰的车,我显得有点不知所措。所以尽管我很小心,还是在过马路的时候被一辆从西面开过来的大车撞了一下。我摔倒在马路边。

很久很久,我才缓缓醒过来,爬起来。然后我刚好看见三戈正在路口穿街而过。他穿了一条紧绷绷的翻边牛仔裤,把红灰色方块格子的半长裙子套在外面。头发是烫卷了的,手里的烟冒着火苗。在这个重度污染的北方城市,清晨的雾使我咳嗽起来。这能不能作为一篇小说的尾声我一直在犹豫。不过我猜测这也许就是命定的结尾,因为我一来到湖山路就再次看见了三戈。他失踪已久。

这样的相遇是不是有些单薄呢,我想着,是不是应该多写几句呢。比如,我跑了过去,嘴唇翕合,冒出纯洁的白色气体,谈及我们从前的一些……嗯,我们做过些什么呢,坐着?躺着?此时我们站在马路中央,就是交警白天站的位置,面对着面,吞云,吐着雾,唰唰地掉下悼念的眼泪。也或者,我还带着生为小女孩无法散去的傲慢之气,我站在街的角上邪恶地看着这出众的情人。他的裙子成功地模仿了我从前的那只,我幸灾乐祸地觉得他没有圆翘的屁股把裙子撑起来。他经过一个清晨扫大街的老婆婆,那是个严整肃穆的婆婆,她眼睛死死地盯着这男孩看,她详细地看了他的伞形裙子和火烧云一样的头发,然后在他要走过去的时候,她终于抬起她巨大的扫把向他打过去。

湖山路的路口是十字的,我继续向北走,故人南去。

1

我在遇到三戈之后,继续北行。湖山路是这座城市最宽的一条马路。树也齐刷刷地格外挺拔。在北风呼啸的清晨,所有飞驰而过的车在我身边经过都像给了我一个响亮的耳光。我沿着铺了绛红色瓷砖的人行道艰难前行,有关目的地的问题现在只好搁浅了。

其实我一直都在慢慢地询问自己,是不是要停下来。北面有什么我忘记了,对北方的渴望渐渐被那颗恋着故人的心捣碎了。我以六十度倾角前行的身躯绝对不像一个少女了。

我终于停下来。我是一个佯装的行者。其实我没有带水壶、帐篷、手电筒、卫生巾以及电话号码簿。我只有一本小说。我一直都背着它写它,我必须尽快结束它,我答应过它,这个期限是四月之前。它不喜长风,四月之后的夜晚总是太过抒情,我的小说将会被糟蹋成一篇紊乱的散文或者成为一篇泣血的情书也未可知。我决定现在就坐下来写,我的小说本子是明亮的星空色,滑稽的气球簇拥的背景,中间贴着一只卡通猫甜蜜的脑袋。十五岁的时候我曾和三戈打架,三戈怒不可遏地把我的本子摔在地上,我的猫从此丢失了它彩霞一样绚丽的头颅。现在你能看到的只是剩下的猫的一个脖子,以及脖子上绑着的一朵杏色大蝴蝶结。没错,我的猫脖子本子陪伴了我多于五年的时光,它里面的纸曾用来和三戈传纸条,本子中间也夹过三戈写来的潦草情书,后来被我用来写小说。

这小说将以这个北方的晨日结束。两个交错的人,没有厮打,没有拥抱,大家都穿着舒服的鞋子,轻巧地走过彼此。然后是过年,大家都睡过了头,忘记了好些事情。

可是在我坐下来写的时候,小蔻突然出现了。小蔻坐在一辆崭新的黑色轿车上,从我旁边经过。

对于小蔻的记忆,都和颜色、指甲有关。我的中学班级里,小蔻坐在最前面,她最喜欢在上课的时候涂指甲油。她会随着不同的情形改换指甲的颜色,比如,化学课的时候她喜欢用一种和硫酸铜一个颜色的,而解剖鸽子的生物课上她把指甲涂成鲜血淋漓的大红,有一次我在钢琴课的课外小组见到她,她的指甲是黑白相间的。不过据说小蔻后来死于车祸,也据说我的同学们送去了五颜六色的菊花,出殡的时候放在一起像个大花车。当时我不在 B 城,我在遥远的地方想着,死去的时候小蔻的指甲应当是什么颜色呢。

我和小蔻一直都不算很熟,但是我向来对这个有色彩癖的女孩子抱有极大的好感。所以在小蔻从车里把头伸出来叫我时,这女孩没有死我非常感动。于是我就热情地回应了她,于是她也热情地停下车,走出来。于是我把我的小说重新装进背包里,站起来迎接她。

她说:"我今天结婚。"

我说:"不可能,你比我还小,不到年龄。"

她没有理会我对她的婚礼提出的质疑,继续说:"去看看婚礼吧。"

我顿了一下,注意到小蔻的手指甲今天是透明的。确实是奇妙的透明色,她碰我的时候我都感觉不到那些指甲,像不存在一样。这美妙的指甲再次提醒我多年来对这女孩的挂念,于是我说:"好吧,我去。你的婚礼在哪里举行?"

"湖山路。"小蔻说。

0

我在湖山路上向南走,前面是带路的小蔻。

我又回到了湖山路的十字路口。隆隆的车穿梭,然后我就在车的缝隙里看到了三戈。这令我几乎发出了惊异的叫声。因为我离开湖山路至少已经一个小时,可是三戈仍旧在这条路上。三戈现在向北走。他的牛仔裤很紧,不过这并不说明他胖了,相反的,他瘦了很多。瘦了很多之后他就穿了一条更加瘦的牛仔裤,外面的裙子像朵喇叭花一样打开,他抽烟的时候鼓起双腮,像长队伍中吹风笛的苏格兰兵。

小蔻这个时候带着我过那条马路,她站在我的左边,虚无的小手抓着我。她也看见了三戈。

她说:"那是三戈。"

我说:"没错。"

她说:"他穿了裙子,他是同性恋。"

我说:"嗯。"

她问:"你和他因为这个分开的吧?"

我说:"是的。"

忽然小蔻咯咯地笑起来。她把头转向我,说:"你知道吧,你跟三戈好的那时候我也喜欢他来着。"

我转脸向小蔻,深深地看着她。她透明的指甲软软地嵌进我的肉里。

她继续说:"有一次我躲在我们校园最北角的那棵梧桐树下偷听你们说话,我还看见他把手慢慢伸进你鼓满风的衣服里。"

我脸色有点变了,我问:"你还结婚吗?"

她咯咯的笑声更加响亮了,她说:"结呀。"

这个时候我发现三戈突然改变了方向,也在过马路,向着我的方向。我看见他的脸白花花的,整个身体像是一堆雪人一样静止地挪动。

我们相遇的时候我才发现小蔻什么时候不见了。我感觉小蔻可能已经拐进附近的一个胡同里去结婚了,但是我未曾找到过湖山路的支路,从未。

我怅然地感到我的整只手,甚至绵延到整个手臂,都散发着一种激烈的指甲油味道。

三戈的新香水像墨鱼一样长满触角,在我走近的时候忽然抓紧了我。我咳嗽了几声,然后终于抬起头来面对这场相遇。

三戈和我都无法不激动。因为我们是带着多年的旧情分开的。我想主动伸开我的双臂拥抱他,但是我才发现小蔻残留在我手上的指甲油似乎是一种强力胶,此时我的左手臂已经无法抬起来了,它和我的身体黏在了一起,所以当我想做出拥抱的动作的时候,看起来像一只笨拙的企鹅险些摔倒。

我有些狼狈,不知道如何是好,仓促间说:"你看到小蔻了吗?我找不到她了。"

三戈点了点头说:"那片坟场重新整修了,小蔻的墓搬走了,在腊山上了。改天我带你去吧。"

三戈说完这话之后我们都站在原地不动,也没有找到别的话题。

B城的清晨和早晨有很大区别。B城市的六点五十五分和七点有很大区别。这个区别也许是在雾上,比如说,六点五十五分的时候我看见的三戈只有一个模糊的轮廓,这个轮廓并没有使我真正明白我们两个相遇的真正含义。七点钟的时候他的脸清楚起来,他的五官都向我涌过来,我感到一阵恐慌。

这个区别也许在我的心率上,有人是做过试验的,早上的心率特别快,我现在的这颗心要一跃而出了。

我猜测三戈也有同样的感受,因为我们同时涨红了脸说了再见。
"再见。"

然后我转身就北行了,他也转身向南。我听见我的苏格兰兵他最后的皮鞋声音,我没有敢回头,可是我觉得有个女孩的脚步是伴他一起的,而且有一种熟悉味道从身后渐渐把我环抱起来,我可以确信,如果当真是有个女孩和他一起,那肯定是小蔻。

1

七点多,湖山路开始有了阳光。我继续向北。骑士在这年代几乎绝迹,不过那天我的的确确遇到一个骑大马的。马也如我所愿是白色的良种马。骑士穿了亮闪闪的鳞片铁衣服,比湖山路的阳光还要明亮。我站在那里就不动了,看着马和骑士经过,然而骑士没有经过,而是停了下来。

骑士不涂香水,骑士的眼睛也不像我的情人三戈一样迷迷的。不过骑士的鼻孔里冒出的是一种新鲜的男人的气体,他的身体在一种源源不尽的能量下此起彼伏,这是一片我未能详细认知的海。

这些年,我对这样的男子一直不甚了解。我觉得他们高大而粗糙,而我一直迷恋的是三戈那样精巧的男子。他给我涂过指甲绾过头发。

这时候骑士停下来,问我去腊山的路。

可是他看来并不焦急,就牵着他的马和我慢慢地说话。

我说我也是个旅行中的人,只是为了来结束一篇小说,然后就离开B城。骑士说他要去西边的丝绸之路。他说他想换一头骆驼。我想了想,觉得西面天空扬起的风沙会使他的脸的轮廓更加鲜明,所以我点点头,表示支持他的计划。

骑士后来和我聊到了爱情,我简单地描述了三戈,我认为这种描述无法深入,否则我将把对像骑士这样的男子的抗拒流露出来。

"唔,你是七岁之后一直和他一起吗?"骑士问。

"是的。"我说。

"那么他喜欢同性就很能理解了。一个女学者曾说,当一个男孩从小最要好的朋友是女孩儿时,他长大之后往往对同性抱有更大的好感。"

"是这样吗?"我沮丧地说,因为按照骑士的说法这已然是一个无法挽回的事实,多年决定下来的事实。

"没有错,因为他对你,一个女孩太了解了,他对你的每一部分都很了解,你,女孩对于他失去了神秘感。"骑士继续说。

这是个道破天机的骑士,他显然不像我想象的那么头脑简单。

骑士停了一会儿说要走了,他忽然问我可乐意同去。

"一同去吧,去西边,我对女孩儿可从未失去过兴趣。"骑士的坦诚使我有点感动。

好吧好吧,我决定跟着骑士走了。可是我张开嘴说的却是:

"我跟你走,不过你先把我带回到湖山路的路口,我要和三戈道别。"

0

我现在就站在湖山路路口的早晨里。

骑士把我放下,让我自己过去。

"呃,你可以饮马什么的。"我觉得有点对不起他。

"好啦,我在这里等你,你只管去吧。"骑士说。

我向南走,我不知道为什么,三戈再次出现,仍旧向北走。此时大约已经是上午九点钟,几个小时里三戈都在。他还是穿着他的裙子,像仙鹤一样走得小心翼翼。

这次我是向着他走去的。我们在上次相遇的马路中间相遇了。我带着他过了马路,我们在马路的台阶上坐了下来。我们开始聊天,也道别。我把这许多年来我写的小说给他看,那个尚没有结尾的小说。他把那本子放在膝盖上,一点一点认真地读。有时候他遇到喜欢的句子还会念出声音来。我也插话进去,告诉他这段也正是我喜欢的。后来我说到一个骑士将带走我,他充满怅然。再之后我们说到了童贞。这是我们第一次说起,我们的童贞。那是我和他一起经历的,他问我可后悔是和他这样的男子。

"嗯,是有些后悔的。因为我后来信奉了神,这件事多少影响了我的灵命。"我这么说。

我和三戈,从来没有进行过这样顺畅详尽的谈话。我们几乎说尽了所有的话题。他甚至因为十五岁的时候把我的猫脸本子摔坏了而向我道歉。我们坐在马路沿上对抗着北风,说到黄昏。

黄昏抵达眉角的时候我们再没有多余的话题。我们都感到淋漓尽致。我起身说要走了。他站起来亲吻我,我拥抱了我软绵绵的情人。

结束,他在背后冲我说:"祝你的小说早些结束。"我心中充满温暖地向北,离去。

1

不过我没有找到骑士。定然是等待到黄昏的时间里他又遇到了其他的姑娘。可是对这件事情我并没有惋惜,因为我能够再回去,和三戈坐在马路台阶上说话全是因他。这对我很重要,我将用一场充实的相聚结束我的小说,开始新生活。

可是我站在湖山路以北打算掏出我的本子结束小说的时候却发现我的本子不见了。最神奇的是,我的潜意识使我相信我是把本子丢在湖山路路口的马路台阶上了。我的脚步拧着我的身体揪着我的思想再次回到了湖山路路口。

0

天已经黑透了。湖山路上的车开始少了。每辆车都飞快地滑过去,我过马路的时候险些又被撞倒。不过那车只是和我错身而过,我很奇妙地绕开了车。

正如我一直不厌其烦地叙述的,我又看到了三戈。北方的夜晚这么冷,可是我的爱人还是没有加件外套,他还是那条无数线条交叉的裙子,缓慢地穿越马路。

我站在马路对面,不知道应该再和他说些什么。这种不断的相遇已经有损我们之间的感情。我就站在那里,不肯过马路。可是我好像也看见了小蔻。小蔻和三戈站在一起。小蔻的透明指甲像冥火一样闪闪发光,指甲油再次发出剧烈的香气,我几乎窒息。我开始张大嘴巴,大口呼气,然后转身开始逃跑。

我向北,放弃了我丢失的本子,只是想赶快地离开湖山路。

湖山路的树木都很高,这里很靠近腊山,夜晚山上的动物们发出我从未想象过的声音。我飞快地奔跑,没有路灯,我只能借助来往的车的星点光亮。

终于到了湖山路的尽头,走下去将是另外的路了。我停下来喘息,这时候我看见骑士就站在路口。他很忧伤。我说,你还在呀,我们快走吧。

黑夜下的他失去了鲜明的轮廓,像个皮影一样寥落。他摇着头说:"去西边只是我的一个美好愿望而已,我是不能的,因为在湖山路上死去的人,魂魄将永远在湖山路上,怎么走也无法离开。"

我抬起头，非常惊异地看着他。我缓缓地把我那只抬起来要迈出湖山路的脚落下。隆隆的汽车声和新的早晨来了。我对面的骑士又照例牵上他的马在湖山路上游荡了。

小染

1

男人男人,怎么还没有睡去。

我坐在窗口的位置看表。钟每个小时都敲一下,我看见钟摆像个明晃晃的听诊器一样伸过来,窃进我的心里。那个银亮的小镜子照着我俯视的脸。我的嘴唇,是这样的白。

窗台上有我养的水仙花。我每天照顾它们。花洒是一个透明印花的。长长的脖子长长的手臂,像个暗着脸的女子。我把她的肚子里灌满了水,我能听见这个女人的呻吟。很多很多的明媚的中午,我就扯着这个女子的胳膊来照顾我的花朵。

阳台有六棵水仙。我时常用一把剪刀,插进水仙花的根里。凿,凿。露出白色汁液,露出它们生鲜的血肉。我把剪刀缓缓地压下去,汁液慢慢渗出来,溅到我的手上。这把剪刀一定是非常好的铁,它这么冷。我一直握着它,可是它吸走了我的所有元气之后还是冰冷。最后我把切下来的小小鳞片状的根聚在一起。像马铃薯皮一样亲切,像小蚱蜢的翅膀一样轻巧。我把它们轻轻吹下去,然后把手并排伸出去，冬天的干燥阳光晒干了汁液，我有了一双植物香气的手。

2

冬天的时候，小染每天买六盆水仙花，把它们并排放在窗台上。她用一把亮晶晶的花剪弄死它们。她站在阳台上把有着植物香气的手指晾干。

然后她拿着花剪站在回转的风里，发愣。她看见男人在房间里。他穿驼色的开身毛衣，条绒的肥裤子。这个冬天他喜欢喝一种放了过多可可粉的摩卡咖啡。整个嘴巴都甜腻腻的。他有一个躺椅，多数时候他都在上面。看报纸抽烟，还有画画。他一直这么坐着。胡子长长了，他坐在躺椅上刮胡子。他把下巴弄破了，他坐在躺椅上止血。

有的时候女孩抱着水仙经过，男人对她说，你坐下。他的话总是能够像这个料峭冬天的第一场雪一样紧紧糊裹住女孩。小染把手紧紧地缩在毛衣袖子里，搬过一把凳子，坐下。她觉得很硬，但是她坐下，不动，然后男人开始作画。小染觉得自己是这样难堪的一个障碍物，在这个房间的中间，她看到时光从她的身上跨过去，又继续顺畅地向前流淌了。她是长在这个柔软冬天里的一个突兀的利器。

3

男人是画家。男人是父亲。男人是混蛋。

女人被他打走了。女人最后一次站在门边，带着一些烂乎乎的伤口，定定眼睛看了小染一眼，头也不回地带上门。小染看见门像一个魔法盒子一样把过去这一季的风雪全部关上了。小染看见女人像缕风一样迅速去了远方。门上沾了女人的一根头发。小染走过去摘下了那根普通的黑色长发。冬天,非常冷。她随即把手和手上的那根头发深深地缩到了毛衣袖子里。

小染不记得着汹涌的战争有过多少次。她只记得她搬了很多次家,每次都是摇摇晃晃的木头阁楼。每次战争她都在最深的房间里,可是楼梯墙壁还有天花板总是不停打战。女人羔羊一样的哭声一圈一圈缠住小染的脖子打结。小染非常恐惧地贴着床头,用指甲剪把木漆一点一点刮下来。每次战争完了,女人都没有一点力气地坐在屋子中央。小染经过她的时候她用很厌恶和仇恨的眼神看着小染。然后她开始咆哮地骂男人,像只被霸占了洞穴的母狼一样地吼叫。小染走去阳台,她看到花瓣都震落了一地,天,又开始下雨了。

那天又是很激烈的争执。小染隔着木头门的缝隙看见女人满脸是血。她想进去。她讨厌那女人的哭声,可是她得救她。她叩了门。男人给她开了门,然后用很快的速度把她推出门,又很快合上门。锁上了。男人把小染拉到门边。门边有男人的一只黑色皮包和一把长柄的雨伞。男人不久前去远行了。男人一只手抓着小染,另一只手很快地打开皮包。在灰戚戚的微光里,小染看到他掏出一只布娃娃。那个娃娃,她可真好看。她穿一件小染一直想要的玫瑰色裙子,上面有凹凸的黑色印花。小染看见蕾丝花边软软地贴在娃娃的腿上,娃娃痒痒地笑了。男人说,你自己出去玩。说完男人就把娃娃塞在小染的怀里,拎着小染的衣领把她扔出了家门。锁上了。小染和娃娃在外面。雪人都冻僵了的鬼天气,小染在门口的雪地里滑倒又站起来好几次。

那一天是生日。特别应该用来认真许一个愿的生日。小染想,她是不是应该爱她的爸爸一点呢,他好过妈妈,记住了生日。小染听见房子里面有更汹涌的哭嚎声。可是她觉得自己冻僵了,她像那雪人一样被粘在这院子当中间了。娃娃,不如我们好好在这里过生日吧你说好吗。小染把雪聚在一起,她和娃娃坐在中央。小染看着娃娃,看到她的两只亚麻色的麻花辫子好好地编好,可是自己的头发,草一样地扎根在毛衣的领子里。小染叹了口气说,你多么好看啊,娃娃。

小染记得门开的时候已经是夜晚。她很迟缓地站起来。身上的雪硬邦邦地滚下来,只有怀里的娃娃是热的。小染走路的时候看到自己的脚肿得很圆,鞋子胀破了。她摇摇摆摆地钻进房子里。她妈妈在门口,满脸是凝结了的血。女人仔细地看着小染,忽然伸出一只血淋淋的手给了小染一个耳光。

她说:一个娃娃就把你收买了吗?

小染带着她肿胀的双脚像个不倒翁一样摇晃了好几圈才慢慢倒下。她的鼻子磕在了门槛上。她很担心她的鼻子像那个雪人的鼻子一样脆生生地滚到地上。还好还好,只是流血而已。

小染仰着脸,一只手放在下巴的位置接住上面流下来的血。她看见女人回房间拿了个小的包,冲门而出。她看见女人在她的旁边经过,给了她一个轻蔑的眼神。这是最后一次,她和她亲爱的妈妈的目光交汇。然后女人像风一样迅速去了远方。小染走到门边摘下她妈妈的头发,她没有一个好好的盒子来装它,最后她把头发放进了娃娃裙子的口袋里。

以后的很多年里,一直是小染、娃娃,还有男人一起过的。

男人从来没有和小染有过任何争执。因为小染一直很乖。小染在十几年里都很安静,和他一起搬家、做饭、养植物。男人是画家,他喜欢把小染定在一处画她。小染就安静地坐下来,任他画。

男人在作画的间隙会燃一根烟,缓缓地说,我爱你胜过我爱你的妈妈。你是多么安静啊。然后他忽然抱住小染,狠狠地说:你要一直在我身边。

小染想,我是不是应该感恩呢,对这世界上唯一一个在乎我的人。

这么多年,只有那年的生日,小染收到过礼物:那个娃娃,以及母亲的一根头发。

4

搬到这个小镇的时候男人对我说,他想画画小镇寒冷的冬天。可是事实上冬天到了这个男人就像动物一样眠去了。他躺在他的躺椅上不出门。

我在一个阁楼的二楼。我养六棵水仙。男人对我说,你可以养花,但不要很多,太香的味道会使我头痛。

城市东面是花市。我经过一个路口转弯就能到。

今天去买水仙的时候是个大雾的清晨。我买了两株盛开的。我一只手拿一株,手腕上的袋子里还有四块马铃薯似的块根。我紧一紧围巾,摇摇摆摆地向回走。水仙根部的水分溅在我的手上,清凉凉,使这个乏味的冬季稍稍有了一点生气。

一群男孩子走向我。他们好像是从四个方向一起走来的,他们用了不同的香水,每一种都是个性鲜明地独霸着空气。我感到有些窒息。他们有的抱着滑板,有的抽着烟,有的正吐出一块蘑菇形状的蓝莓口香糖。紫色头发黄色头发,像些旗帜一样飘扬在他们每个人的头上。大个头拉链的缤纷滑雪衫,鞋子松松垮垮不系鞋带。

我在水仙花的缝隙里看到他,最前面的男孩子。他火山一样烧着的头发,他酒红色的外套,碎呢子皮的口袋里有几个硬币和打火机碰撞的当当的响声。我看到他看着别处走过,我看到他和我擦肩,真的擦到了肩,还有我的花。花摇了摇,就从花盆里跳了出来,跳到了地上。花死在残碎的雪里,像昨天的茶叶一样迅速泼溅在一个门槛旁边。

一群哄笑。这群香水各异的邪恶男孩子。我把我的目光再次给了我心爱的花。我蹲下捡起它。可是我无可抱怨,因为这花在这个黄昏也一定会死在我的剪刀下。只是早到了一点,可是这死亡还算完整。我捡起它。那个男孩子也蹲下,帮我捡起花盆。我和他一起站起来。我感到他的香水是很宜人的花香。他冲我笑笑。我再次从那束水仙里看着这个男孩子,他很好看,像一个舶来的玩具水兵一样好看。他站在雪里,站在我面前。

我想我得这样走过去了,我已经直立了一小会儿,可是没有接到他们的道歉,我想我还是这样走吧。可是我看到那个男孩子,他在看着我。他用一种非常认真的详细的目光看着我,像博士和他手里被研究的动物。我想着目光或者邪恶或者轻薄可是此刻你相信么你知道么我感到阳光普照。阳光拧着他的目光一同照耀我,让我忽然想在大舞台一样有了表演欲。我表露出一种令人心疼的可怜表情。

男孩,看着我,仍旧。我想问问他是不是也是个画家,因为这样的眼神我只在我的父亲那里见过。

男孩在我的左面,男孩在我的右面,男孩是我不倦的舞台。

他终于对我说话了。他唯一一次对我说话。他说,你,你的嘴唇太白了,不然你就是个美人了。

是轻薄的口气,但是我在无数次重温这句话的时候感到一种热忱的关爱。

身旁的男孩子全都笑了,像一出喜剧的尾声一样地喝彩。我站在舞台中央,狼狈不堪。

嗨嗨,知道这条街尽头的那个酒吧么?就是二楼有圆形舞池的那个,今天晚上我们在那里有 Party,你也来吧。呃呃,记得,涂点唇膏吧,美人。男孩昂着他的头,抬着他的眼睛,对我这样说。身边的男孩子又笑了。他们习惯附和他,他是这舞台正中央的炫目的镁灯。

我和我的花还在原地站着。看他们走过去。我看到为首的男孩子收拾起他的目光,舞台所有的灯都灭了。我还站在那里。我的手上的水仙还在淌水,我下意识地咬住嘴唇,把它弄湿。

然后我很快地向家的方向跑去。

中途我忽然停留在一家亮堂堂的店子门口。店子门口飘着一排花花绿绿的小衣服。我伫立了一小会儿,买下了一条裙子。

是一件玫瑰紫色的长裙。我看到它飘摇在城市灰灰杏色的晨光里。有一层阳光均匀地洒在裙裾上,像一层细密的小鳞片一样织在这锦缎上。它像一只大风筝一样嗖的一下飞上了我的天空。

我从来都不需要一条裙子。我不热爱这些花哨的东西。不热爱这些有着强烈女性界定的物件。

可是这一时刻,我那只拿着水仙的手,忍不住想去碰碰它。

我想起它像我的娃娃身上的那条裙子。像极了。那条让我嫉妒了十几年的裙子。它像那个娃娃举起的一面胜利旗帜一样昭告,提醒着我的失败。是的,我从未有过这样媚艳的馈赠。

买下它。我买下我的第一条裙子,像是雪耻一样骄傲地抓紧它。然后我很快很快跑回家。

5

小染很快地打开家门,冲进画室。她手上的水仙和崭新的裙子被扔在了门边,然后她开始钻进那些颜料深处寻找。地上是成堆的颜料管子和罐子。有些已经干了,有些已经混合,是脏颜色了。她一支一支拿起来看,扔下,再捡起另外一支。男人听见了她的声音,在他的躺椅上问,你找什么呢?

小染没有回答,只是继续找,她开始放弃颜料管,向着那些很久都不用的大颜料罐子了。她的动作像一只松鼠一样敏捷,她的表情像部署一场战斗的将军一样严肃。

男人说,到底你在找什么?男人仍旧没有得到回答,他听见女孩子把罐子碰倒了,哐啷哐啷的响声,还有颜料汩汩地流淌出来的声音。

男人从他的躺椅上起来,冲到画室里,问,你在找什么?

红色颜料,红色颜料还有吗?小染急急地问。

没有了。我很久不用那种亮颜色了,你忘记了吗,搬家的时候我叫你都扔掉了,现在没有了。画这里糟糕的冬天我根本用不到红色。男人缓缓地回答。

小染没有再说话,她只是停下手中徒劳的寻找,定定地站在原地,像个跳够了舞的发条娃娃一样迟钝地黏在了地面上。她喘着粗气,洒出来的颜料溅在了她的腿上,慢慢地滑落,给她的身体上着一层灰蒙蒙的青色。

男人问,你要红色颜料做什么?

没什么。小染回答,从男人的旁边穿过去,到厨房给男人煮他喜欢的咖啡。

6

我把咖啡递给男人,然后我端着新买的水仙上了阁楼。雾已经散去了,太阳又被张贴出来,像个逼着人们打起精神工作的公告。水仙被我放在了阳台上,我不知道它们什么时候会开。剪刀在我的手旁边,银晃晃的对我是个极大的诱惑,我忽然把剪刀插到水仙里,根里的汁液像那些颜料一样汩汩地冒出来。它们照例死亡了。我等不到傍晚了。

然后我逐渐安静下来。我把我的凳子搬去阳台,坐下。我回想起刚才的一场目光。我想起那个男孩的一场风雪一样漫长的凝望。我想起他烧着的头发荒荒地蔓延,他说话的时候两片薄薄的嘴唇翕合,像一只充满蛊惑的蝴蝶。

我听见一群男孩的笑,他们配合性地,欣赏性地,赞许性地笑了。他们像天祭的时候一起袭击一个死人的苍鹰一样从别处的天空飞过来,覆盖了我,淹没了我。

我忽然微微颤了一下,希望我的挣扎有着优美的姿势。

我忽然想起了我的新裙子。它还躺在那只冰凉冰凉的袋子里。

我把它一分一寸从袋子里拉出来,像是拉着一个幸福的源头缓缓把它公诸于世。我把娃娃放在我的床边,让她看着我换衣服。

玫瑰骤然开遍我的全身。我感到有很多玫瑰刺嵌进我的皮肤里,这件衣服长在了我的身体里,再也再也不会和我分开了。

娃娃,娃娃,你看看我,我美吗?

7

小染在黄昏之前的阁楼里走来走去。时间是六点。男人吃过一只烧的鱼还有一碟碎的煮玉米。他通常会在吃饱之后渐渐睡去,直到八点多才缓缓醒来收看有关枪战的影片。他在那时候会格外激动,有时还会把身边的画笔磕在画板上砰砰作响。可是眼下他应该睡去了。

小染听到外面嘈杂的孩子的叫嚣声。她觉得他们都向着一个方向去了。她觉得有一块冰静的极地值得他们每一只企鹅皈依。她把切碎的水仙花瓣碾碎,揉在身上和颈子上。水仙的汁液慢慢地渗进去,游弋进她的血液。她听见它们分歧的声音,她听见它们融汇的声音,是的,融汇在一起,像一场目光一样融汇在一起。

钟表又响,男人还是没有睡。他在翻看一本从前买的画册,他的眼镜不时从塌陷的鼻子上滑下来,他扶一扶,继续翻看,毫无睡意。

小染想彻底去到外面的空气里,她想跟随那些野蛮男孩子的步伐,她想再站在那个男孩面前,听着他轻薄她。可是男人必须睡觉,她才能顺利跳出这个木头盒子,把男人的鼾声和死去的水仙都抛在脑后,然后去赴一场约。

小染用牙齿咬住嘴唇,细碎的齿印像一串无色的铃兰花一样开在嘴唇上。然后小染下楼去了。她记起下面阳台上好像还有几块水仙花根,她就拿着剪刀下楼了。

小染把剪刀握在手中,把手缩在袖子里,穿一双已经脱毛的棉拖鞋,迅速跑下楼去。她径直向着那些水仙花根走去。

男人看到她,忽然说,你坐下。

什么?小染吓了一跳。

男人已经拿起了身边的画笔,示意小染坐下。他又缓缓地说,你今天穿了裙子。很不同。

小染愣了一下,终于明白男人是要作画了。她站住,把剪刀放在放画笔的木头桌子上,然后搬过一把凳子,坐下来。

她那一刻忽然觉得时间都停了,她被固定在一个锈迹斑斑的齿轮上,她的整条玫瑰裙子就在这高高的齿轮上开败了。她把手紧紧地贴在裙子上,仿佛掬捧着最后的一枚花瓣。世界就要失去了所有的水分,她抬头看见男人干涸的眼角,正有一团浑浊的污物像一团云彩一样聚起来。

小染好像听见楼下有人叫她。她觉得有一条铺着殷红地毯的道路就在她家门外缓缓铺展开。她觉得她应该走上去,走过去。她感到盛大的目光在源头等待他的玫瑰。小染想跳起来。飞出去。在这个黄昏的最后一片阳光里飞出这个阴森的洞穴。

8

我仿佛看到我的娃娃在楼上的木板地上起舞。她的嘴唇非常红润。

9

男人画着画着,慢慢停了下来。他用目光包裹起这个小巧的女孩子。他好像头一次这样宝贝她。他非常喜欢女孩的新裙子。新裙子使这女孩子看起来是个饱满而丰盛的女人。像她的母亲最初出现在他的生命里的样子。

笑笑,你笑笑。男人对女孩说,你从来都不笑,你现在笑笑吧。

男人这一刻非常宽容和温暖,他像个小孩一样地放肆。

小染看见窗外的男孩子们像一群白色鸽子一样地飞过去。她笑了一下。

男人非常开心。男人全无睡意。他已经停下了,只是这样看着女孩。

他忽然站起来,非常用力地把小染拉过去。他紧紧地抱着女孩。女孩像一只竖立着的木排一样被安放在男人身上。她支着两只手悬在空中。小染还带着刚刚那个表演式的微笑,她一点一点地委屈起来。

男孩还在说,你,你的嘴唇啊,太白了啊,不然,你,就是个美人了。

娃娃还在跳舞。她又转了七个圆圈,玫瑰裙子开出新的花朵。

一切都将与她错身而过。

10

男人紧紧抱着我。我的双手悬在空中。我的心和眼睛躲在新鲜的玫瑰裙子里去赴约。

我很口渴。我的嘴唇像失水的鱼一样掉下一片一片鳞片来。

一切都将与我错身而过。

钟表又敲了一下。钟摆是残酷的听诊器,敲打着我作为病人的脆弱心灵。

我强烈地感到,内心忽然跟随一个不远的地方发出的声音而热闹起来。

男人,男人,你怎么还不睡?

我的眼前明晃晃。

我的眼前明晃晃。

刀子被我这样轻松地从男人身后的小桌几上拿起来。我的手立刻紧紧握住它。我的手和刀子像两块分散的磁铁一样找到了彼此。它们立刻结在了一起。它们相亲相爱,它们狼狈为奸。我想我知道它们在筹划着什么,我想我明白什么将要发生。可是我来不及回来了,我的心在别处热闹。我在跳舞,像我的娃娃一样转着圆圈,溺死在一场目光里。

刀子摸索着,从男人身体正中进入。男人暂时没有动。他的嘴里发出一种能把网撕破的风声。我又压着刀柄向男人肥厚的背深刺了一下。然后把刀迅速抽出来。

这些对于我非常熟悉。我熟练得像从前对付每一块水仙花根一样。

男人没有发出怨恨的声音。我在思索是不是要帮助我的父亲止血。我把刀子扔下去,然后用两只手摩挲着寻找男人的伤口。我感到有温泉流淌到了我的手心。我感到了它们比水仙汁液更加芬芳的香气。

男人还带着刚才那样宽容的笑容。他就倒下了。他把温泉掩在身后,像一块岩石一样砸下去。

11

小染看着男人。男人的画板上有一块温暖的颜色。小染觉得那可能是她的玫瑰裙子。无法可知。小染忽然调头,带着她红色的温泉的双手,跑上阁楼。

楼梯是这样长,扶手和地板上都流淌着目光。

小染从来没有跑得这样快。她喘着气停在她的梳妆台旁。

她对着灰蒙蒙的镜子大口呼吸。她看着自己,从未这样清晰地看着自己。

嘴唇上结满了苍紫色的痂。

小染看着自己,看着自己。然后她缓缓地提起自己的手。

她对着镜子把手上的鲜血一点一点涂抹在嘴唇上。温热的血液贴合着嘴唇开出一朵殷红色的杜鹃花。小染想着男孩的话,看着镜子里红艳艳的嘴唇,满意地笑了。

12
我,对着镜子里的红色花朵笑了。

船

二十年后我的父亲躺在一家医院朝南的病房里,这个时候我已经看到有穿着黑色衣服的人来带走他。我觉得一切就要平息。他忽然问我,还记得我们二十年前放走的那只船吗?

他说,你还记得吗,白色的木头船。

1

亲爱的,宝贝,抓上两件你的玩具,爸爸要带你出门。上车,坐好。对,把卡车门关上。我们要出发了。我们要去很远的地方,我们要造一只船。你喜欢什么颜色的呢?哦,白色,嗯,好,白色,你妈妈也喜欢白色。她会很满意能在这只白色的船里。我们放些菊花在里面,你去采,好吗,亲爱的。我们去的那个海边就是山坡了。开遍了菊花。我们把菊花铺满整只船。

亲爱的,为什么哭呢。你妈妈只是在后面睡着了。她喝醉了,你忘记了吗。她是个酒鬼。她总是穿着她的白色睡衣在我们的客厅里跳来跳去。哦,她跳来跳去,跳来跳去,这个疯女人。她现在终于安静下来了。她应该睡一会儿了。你听到她的声音了吗？她真是个睡觉都不肯安静下来的女人。哦，亲爱的，不要敲后面的窗户了。不要把她吵醒。回过身子来，听爸爸说。妈妈等一下还会给你表演游泳呢，她现在需要睡觉。宝贝，不要哭，你知道爸爸有多么爱你吗？没有人能把你从我身边带走。没有人，宝贝。我们在河堤上建一座城堡怎么样？对，宝贝，就是你喜欢的童话里的那个模样。只住着我们两个。我们在窗户旁边放满贝壳，你能听到它们兽类一样的叫声。啊啊，宝贝，你会喜欢的。

卡车

可能是灰色，也许长了绿锈。高背座椅，棕红色棉布靠垫淋过雨水，很快和身上的衣服粘连在一起。窗户开着，碎掉了一块，像掩面哭泣的女人的脸。雨水于是顺势进来，流进一个敞开口的黑色皮包里。谁也不知道雨水钻进去为什么，又干了什么。可是皮包非常深，雨水一直掉下去，好像比经历三个云层的时间更加长久。

方向盘已经轻微断裂。前面的玻璃上有过奶油色涂鸦，某个恶意的孩子干的。已经被潦草地擦拭过，留着一张流口水的嘴。雨水从车顶直顺地流下来，这张嘴看起来充满幽幽的欲望。

座椅靠背后面是和卡车后厢相通的窗户，已经没有了玻璃。铁窗棂粉刷了墨绿色油漆，每两根间距不等。有块和座椅靠背同一颜色的长方布帘子。雨水已经使它越来越沉重，可还是被蛊惑的风牵引起来。卡车的后面有着和前部不同的味道。没有雨水进去，也没有风。只有出来的，只有匆匆出来的。应当非常闷热。

2

哦,宝贝,我以为你在旁边睡着了呢,着急了?我们就要到了,就要到了。你应当喜欢这条公路才对呀。宝贝,你把头伸出去看看,你看到了吗,那些小花儿,眼熟吗?嗯,我们来过的。你,我,还有你妈妈。你那时候还只有一只木瓜那样大,你妈妈抱着你。也是夏天,她总是抱怨无趣,她厌恶了养你。她要出来透口气。可是她站在这里,站在这旁边风景优美的山上,却总是抱怨天热。她不停地说,你开始哭,她不理会你。是我抱着你呀亲爱的小木瓜。你现在又看到这些花了,多好的风景啊。我们若不是要赶去海边,我真的想停下来给我的小宝贝照张照片。

宝贝,你放下这刀子。它很锋利的,乖,放下它,它会伤了你。宝贝宝贝,放下,不,不要舔,上面红色的东西不是糖浆。它不是甜的,它是苦的。亲爱的,爸爸这里有糖,来,放下它,不要舔了。爸爸给你拿糖来吃。对,把刀子放在我的黑色皮包里。你看,它,还有其他的铁玩意应该待在一起。它们都是粗家伙,都长得不好看,我美丽的宝贝要离它们远一些。你会为什么喜欢它们呢?它们是爸爸的工具。你是想拿起它们来帮爸爸干活吗?爸爸会用它们给你妈妈做条船。然后,然后爸爸还可以用它们来建我们的城堡。嗯,孩子,你闻到海水的腥味了吗?我们就要到了。你喜欢海吗?你从来没有和爸爸说起过呢,你喜欢海吗?你妈妈,她喜欢海,嘿嘿,等一下她就会让你看看,她能够漂多远。她躺在我们做的白色船上,一动不动地听任水的摆布。真温顺。温顺,嗯,你妈妈从来都不是温顺的女人。她喜欢和我作对。她唯一依顺我的事情就是生下了你。哈哈,她多么后悔啊。她生下你的那个夏天像母猪一样的肥胖。我带着她从医院回家。她怀里抱着你。忽然经过一扇玻璃,她在里面看到了自己的样子。那是她生了你之后第一次看到自己的样子。她自己吓了一跳。她非常愤怒,她几乎要跳起来了。她把你高举在手中,她几乎要把你抛出去。你真是个勇敢的小人儿,你居然没有哭。我一把把你抢过来。你那个时候就应该知道,爸爸是多么爱你的。她这个疯女人!她永远只在意她自己。哈哈,那一刻,她是多么可怜啊。

公路

公路是环山的,离海也不远。

山可能没有名字,也可能有太多名字,每个旅行的人都兴致盎然地给它一个名字。

矢车菊浅浅地长在山的脚下,公路的两边。颜色是蒙蒙的紫色,像是一场秋天早上没有睡醒的雾。杂草在这片热带地区异常茂盛,它们从根部就紧紧地纠缠住花朵,像是在求欢。大雨来到的时候,好像这一季所有的草都悄无声息地倒下了,像醉汉的眉毛一样杂乱。

这里也许从未算是一处风景。但却总是有人来。来私会,来攀缘,来跳海,来抢劫,来睡一会儿,来寻找财宝。

应该是有坟墓在半山坡。因为黄昏时刻刚刚到,山坡上就显现出一道一道明晃晃的白色。当雨水从山顶直冲而下的时候,白色的碑牌发出跌跌撞撞的声音。

公路并不算陡峭,可以接受非常快的车速。有过汽车在转弯处掉下去，撞坏了栏杆，很多紫色菊花也跟着冲了出去，摔了下去。像蝴蝶们一样在山谷间长上了飞行所必需的翅膀。

之后这一带变得很荒凉。本来就是这样，私会的，攀缘的，跳海的，抢劫的，睡一会儿的，寻找财宝的，都可来可不来的。他们又去命名别的山了。

卡车飞快地在公路上驶过，溅起的雨水非常炽热。有一块被主人失手丢掉的柠檬糖从车门处的巨大缝隙里滚了出来，学着蝴蝶们，学着野花们，去向山谷了。

3

宝贝，你还在哭呀。你听，雨已经小了。我们到了。你抬起头来看看，是海呀。你看，许多小贝壳都来欢迎你了。

好了，我们下车吧。来，下来吧。

亲爱的，你帮爸爸提着这只包好吗？它的确很重，好吧，你不要提了，你只是自己玩吧。爸爸去把你妈妈搬下来。

哦，宝贝，雨还是很大的，你把伞给爸爸拿出来好吗？就在爸爸的黑皮包里。你看你妈妈的脸都淋湿了。她今天还化了妆，现在都被水冲开了。她今天早上坐在她的梳妆台前非常认真地化妆。她今天肯定有约会。可是她没化完，她就睡下了。嗯。是我把她横过来，帮她化完。你凑过来看看，宝贝，你妈妈今天漂亮吗？她的眉毛是我画的，你看它们多么好看啊。

宝贝，你就站在这里吧。给你妈妈撑着伞。你坐在她的身上吧。她今天睡得很熟，她是不会醒的。她不醒，也不会疼的。你坐在你妈妈柔软的肚子上吧，再最后跟她亲近一会儿。然后你就可以给她撑着伞，她的脸就不会脏起来。爸爸的车里有做船用的木头。我去拿下来。你就坐在这里吧，你看爸爸干活好吗？

嗯，宝贝，你看白色木头多么结实。来，从黑色皮包侧面掏出些钉子来给爸爸。你知道是什么样的吗？对，就是那种最长的，银闪闪的。好的，给爸爸吧，我们把它们钉在木板上。

哦，宝贝，你在干什么呢？你怎么用这钉子在你妈妈的裙子上戳了一个洞呢？这可是你妈妈最喜欢的裙子。她今天有约会，她都穿了这件裙子，她肯定是最喜欢这条。是啊，她今天怎么能又去约会呢。她又去见别的男人了，还穿着她最喜欢的裙子。可是，宝贝，她今天被迫改变了计划。她没法去了。她被我们带到了这里。她现在得好好潜水去了，她不能赴约了。哈哈，我们胜利了。

可是你这个小野蛮，怎么用钉子在好好的裙子上打洞呢？你不喜欢你妈妈了吗？她是的，她是个坏女人，可是她现在很温顺了，她的肚子还是这么软，我们应该原谅她，你说是不是啊？

海

海在一个黄昏的雨水里辗转反侧。这是一片很少被打扰的海。她在多数时候可以随时进入梦乡。她进入梦乡的时候，海潮看来并不强大，可是迂回曲折，零碎的梦魇星罗棋布。她非常喜欢在下雨的时候睡过去。她让她的波浪任由凶悍的雨水狂风摆布。她喜欢她自己看起来更加具有母性的温情。

贝壳像尖利的凶器一样一片一片嵌进沙滩里。上面还星星点点地带着从某个赤脚的孩子身上抢夺下来的血。

大片的沙土在这里堆积。有些动物的温暖的洞穴被这场来势汹涌的雨毁了。坍塌的声音层出不穷地从海的神经里发出,围困的动物最后时刻的回光,此刻没有什么比绝望更加明亮。

海看上去像这个下雨天里做的梦一样冗长,看不见明晰的尽头。礁石沉静地躺在海起伏不平的胸脯上。海的心跳很动人。礁石想做什么没有做。礁石一直是被别人追求着的。都有过一些什么样的东西撞到过礁石上呢?大风浪里的船只,迷途的海狮,从天而降的直升飞机,一个游水的孩子。会有多少个灵魂在这里磕磕碰碰、无比虔诚地来到礁石面前?

海边的脚印,庞大的,小巧的,都将被掩埋。海边的所有声音,木砌,石割,听起来只是沉睡中的寥寥耳语。海并不明白要发生什么。

4

啊,宝贝,你看到我们的新船了吗?它是不是很好看啊?它是不是和你亲爱的妈妈很相称呢?你不要跳上去。它太小了,盛不下你的。它是给你妈妈一个人的。你妈妈会很喜欢它的。来吧,孩子,你站起来吧,从你妈妈的身上起来吧,跟她道个别。我们都原谅她了,不是吗。尽管她给我们带来耻辱,可是那些都是从前的事情了。来,亲亲她的脸颊吧。你纯洁的小妈妈,今天她就要彻底被水冲刷干净了。

好了宝贝,你的妈妈已经上船了。你看多么合适她啊。把你手里的野花拿过来,放下去。嗯,它们和你妈妈的裙子很相称。

来,跟在爸爸的后面,我们送你妈妈下海了。多么美妙的旅行啊。你的妈妈在水底下游水,你的妈妈是美人鱼。你的妈妈她永远都在这里,我们只要来就能找到她,多么好啊。她不可能逃离我们,她不可能去赴乱七八糟的约会,她不可能把她的嘴唇印在大胡子脸上,她不可能用她的小脚趾挑逗别的男人!我们要这里的海帮我们看住她。看住她,她就永远只属于我们。

帮帮爸爸,我们来推船了。我们一起用力。嗯。就是这样,躬起身子,使劲,1——2——3。

哦,再见。宝贝来和你妈妈说再见,说你永远爱她。

1——2——3——

使劲推啊。

干得好,我亲爱的邦妮。

嗯,再——见——,再见,亲爱的。

船

白色木头,像一副瘦削的骨架。李子红色的裙子在海水里像一块黏稠血迹一样氤氲开来。驶向海中央的时候,船忽然像获得飞行的鸽子一样快乐。其实礁石有最柔软的怀抱,你们谁也不知道。

鼻子上的珍妮花

1

洪水来到棉花镇的时候是黄昏。这一天天黑得特别晚,不知道为什么,卖苹果的小贩没有收摊,做炒货的机器也还转着。主妇手里抓着晚餐用的白米,但是她站在灶前很久都没有把米放进锅子里。所有的一切都好像在等待天黑下去,而天黑又在烦躁不安地等着什么。彩霞像咬破嘴唇的血一样一点一点渗出来,渐渐漾得整个天空都晃悠起来。

女佣刚给他换过一件秸麦色的睡衣,他现在满身是一种肥皂的香气。这是吃饭前的一段时间,他从躺的位置能够看见一点天空。天空很明亮,特别红艳。和很多黄昏一样,他听着收摊前的小贩们最后的奋力吆喝渐渐睡去。然后,他就听见了大水的声音。然后是此起彼伏的妇女叫喊声、小孩子的哭声、房子坍塌的声音、牲畜的哀号声。再看出去的时候,他觉得整个天空都要被掀起来了。

花了几分钟的时间,他确信他的猜测是正确的,一场洪水来了。起先的几分钟他很烦躁。他听见有个彪壮的汉子吆喝的声音,他猜想那个人一定在带领全镇子的人逃命,于是他就无缘无故地不安,不停地晃动身体两侧的手臂。但是大家逃离得很迅速,很快整个镇子就只剩下水声了。他也就缓缓地安静下来。他轻轻唤了两声女佣的名字,没有人应答,他确信所有的人都已经离开了。这个时候,有小股的水冲进来,最先漂浮起来的是一只墨绿色的塑料盆。

她进来的时候他正打算和上帝说说自己的遗愿。其实他没有确切的愿望,于是只好回忆起从前的事情,希望找到一些遗憾让上帝来帮助弥补。然后她就进来了。她是漂进来的吗,因为她是一个很矮小的老太婆,还没有拿拐杖,几乎无法直立,更何况行走。她险些被那只漂浮的塑料盆绊倒,可是她仍旧不看脚下,她看着他。定定的眼睛看着他。很奇怪,她并没有被他的样子吓坏。相反地,她很快叫出他的名字。他没有听错么,在巨大的水声和盆器碰撞的声音中,他听见这个小老太婆叫出自己的名字:

"匹诺曹!"

"我是珍妮!"老妇人好不容易抓住床头的把手,把头俯下对他说。他有些不喜欢别人在这个糟糕的时候来探望他,可是他不得不承认珍妮这个名字在他的记忆里还是一个使他感到舒服的符号。他和珍妮,他们有多少年没有见面了呢?四十,四十五,也许更久。在他的脑海里,珍妮是个两腮长满雀斑、脑袋圆鼓鼓的小丫头。她现在像个被农夫放弃的烂苹果一样在荒野里寂寞地经历了苦难四季。

"珍妮,你自己逃命去吧,你瞧,我是不能动的了。我的鼻子已经太长了,我早已无法站立,我只能这样躺着生活。"他和珍妮的目光都聚向他的烟囱一样高耸的鼻子上。他想珍妮已经发现,他的房间是特制的,天花板格外高,可是即使是这样,他的鼻子几乎还是抵触到了房顶。鼻子像一棵恶劣环境下生长起来的树一样布满了划痕,很多地方已经缺损,圆形椭圆形的窟窿像一只一只不能瞑目的眼睛一样躲在这迟钝的巨蟒背后。鼻子已经变得很细了,只要稍微剧烈一点的风一定就能把它折断。

他幽幽地叹了口气,说:"其实这并不是我最难过的事情,我最难过的是,因为我只能躺着生活,我的所有眼泪都流进了自己的嘴里。"

在这个瞬间,匹诺曹想到,也许他的遗愿应该是能再度坐起来,淋漓酣畅地淌一回眼泪。说不定那些水能够比这洪水还大呢。

2

珍妮第一次遇见匹诺曹的时候是在她家的后花园。十岁的珍妮刚刚学会简单的手工编织。她搬了一只小板凳坐在葡萄架子下面,午后的阳光把她的脸晒得红烫烫的。蔷薇的香气在那一季很盛,匹诺曹正躲在蔷薇花丛的后面。他穿了一双红色的亮晶晶的木头小鞋子。珍妮非常喜欢红色,所以她对红色是很敏感的。她眼睛的余光和那红色小鞋子的光芒给碰上了。她大叫了一声:"是谁在后面?"蔷薇花丛里发出咯吱咯吱的声音,然后这个木头小孩就走了出来。他那时候会的表情还很少,甚至不会脸红。

"就因为你是木头的,他们就欺负你么?那他们干吗不去欺负他们家的桌子,看他们的爸爸不揍他们!"珍妮愤愤地说。匹诺曹没有说话,他仔细看着他和她的身体,的确不一样:珍妮是粉嫩嫩的颜色,他的肤色要更加黄,还带着刚刷过的一股刺鼻的油漆味道。他真希望每个小孩身上都是浇了一罐油漆的,黄乎乎的最好最好了。

"他们是用火柴烧你吗?你没有真的被点着了吧?"珍妮又问。匹诺曹摇摇头。

"那可是,你真的是你爸爸做出来的吗?就是把烧柴的木头钉起来这么简单吗?那我也能做一个木头小人吗?"珍妮碰碰匹诺曹硬邦邦的手臂,好奇地问。

"是我爸爸做出来的。可你不行。我爸爸是个了不起的木匠。"

珍妮有点丧气,就没有继续提问。他们两个站在她家的葡萄架子下面很长时间,珍妮才想到,匹诺曹的心情应该更加糟糕,于是她拍拍匹诺曹木头匣子一样的肩膀,十分用力地说:"不要紧的,他们都不和你玩,我和你玩的。我喜欢木头小人。"匹诺曹抬起头来看着珍妮,他觉得他应该表示一下感激,可是他不会呢。他连眼睛也没有潮湿一下。那个时候我们的男主角还没有学会哭泣。

"圣诞节的时候,大家会互相送礼物。圣诞树在屋子当中转啊转啊,火鸡在锅子里跳啊跳啊,可有意思了。"珍妮在圣诞前夕把一个美好的圣诞蓝图描绘给匹诺曹。可是到了圣诞节的时候,匹诺曹发现,圣诞树和火鸡都没有来他家。他的爸爸坐在躺椅上打磨一把昂贵的木头烟斗,时间过得非常慢。匹诺曹已经第五次溜出门去趴在别人的窗户上看。绿色的高个的亮闪闪的家伙站在中间,大家围着它团团转呢。

匹诺曹坐在门口的台阶上伤心难过,嘈杂的铃铛声中他昏昏欲睡,直到后来他被珍妮拍醒了。珍妮那天的脸是草莓色的,她肯定吃了很多好的东西,手舞足蹈地来到匹诺曹面前。然后她立刻感觉到匹诺曹家很冷清,黑洞洞的不见一盏灯。

"你爸爸可真是个怪人。他没有一个朋友吗?"珍妮把草莓色的脸贴在窗户上望进去。她看见木匠一个人幽幽地坐在房间中央,嘴里叼着的烟斗忽明忽暗。

"算了,别去管他,我给你带来了圣诞礼物!"珍妮从斜挎包里拽出一个软绵绵的东西。

"是什么是什么?"匹诺曹大声说,他感到自己的脸也迅速变成了草莓色。他觉得自己的内心就像鼎沸的泉子一样汩汩地冒着热气。

"哈,是我织的一件厚外套。你穿上就没有人能看出来你是木头的了!"珍妮把一件毛茸茸的藏青色外套从袋子里抖出来,但是她并没有立刻把外套递到匹诺曹的手里,而是双手举起它来,高过头顶。

匹诺曹等待这句话说完都觉得漫长,他急切地说:"啊,你多么好啊,我多么爱你啊,珍妮。快给我快给我!"然后一只手拉住珍妮的胳膊,另一只手迅速抓住那件已经属于他的外套。其实外套相当粗糙,已经有好多地方脱线,露出白花花的里子。可是它是匹诺曹有生以来的第一件衣服,它将使他获得一个男孩的真生命。

匹诺曹抬起还不怎么能打弯的胳膊,费力气地伸进外套袖子里。末了,他一丝不苟地系好每一枚扣子,然后他冲到大窗户前仔细看看自己,又转了一圈。

"现在,你还能看出来我是木头的吗?"匹诺曹缩了一下身子,把自己裹得严严实实的,小心翼翼地问。

"你说话的时候要闭紧嘴巴。不然,大家就看见你嘴里的大钉子了。"珍妮走上前,掀起匹诺曹的上嘴唇,看着里面密密麻麻的钉子,皱了皱眉。

3

洪水继续漫近来。他侧目一看,水已经没过了珍妮的小腿。她颤巍巍的身子几次险些栽进水里。他有一点躺不下去了,现在好比他安闲地在船上,而她在水里紧抓着船挣扎。

"你就没有一根拐棍么?"他责备地问。他当然不会知道她从他离开之后就没有用过任何木头的东西。她这么多年一直都在关注木头和生命的关系。上回小镇上来了个魔术师,他从一个木头盒子里变出一个女郎来,珍妮看得目不转睛。她跟着魔术师走了很远,不停地追问这人是怎么造出来的。

"假的!只是把戏,不是跟你说了很多遍了么!"魔术师甩甩袖子,跳上他的马车,女郎正坐在马车里啃一只面包,马腾起蹄子,把珍妮远远地抛在了后面。

"那么,你抓住我的鼻子吧。快,趁它还是很结实的。"匹诺曹命令珍妮。

她迟疑了一下,因为这的确很古怪,但她还是抓住了。冰冰凉的棍棒在她的手心里一点一点地暖和起来。

"呃,你怎么能找到我?"等到她站稳了,一切稍稍平息了,他就问道,这是他无法理解的。

"要找到一个罕见的长鼻子的人并不是很难。从前我没有来寻找,现在我知道我要是不找,我以后就不定能见到你了。我的身体越来越不好了。"珍妮笑的时候皱纹像水波纹一样一圈一圈在他的眼前荡。

"唔,你早猜到我的鼻子会一直长下去的么?"他有点被戳痛了的感觉,立刻反问。

4

鼻子是长在脸上的,怎么可能不泄露呢。事实证明,他是不能说谎的。一个小小的谎都不行的。他只要说一个小的谎,他的鼻子就会变长半寸。他甚至都能听见那木头生长的声音。

"这太可怕了!我爸爸简直是个巫师,他干什么要这样造一个我呢?"匹诺曹在珍妮面前大声抱怨。

"肯定是你妈妈骗了他,给跑掉了,所以你爸爸痛恨所有骗人的勾当。"珍妮很聪明地下了这个定论。

"是这样的吗?"

匹诺曹永远都不知道答案,但是目前的问题是,他极其痛恨这小镇,他痛恨父亲甚至所有健康的孩子。他不能忍受所有背后的袭击,不能忍受所有的讥讽和鄙夷。他甚至总是怀疑珍妮也会在背后幸灾乐祸地笑他。她总是笑笑的,谁知道她心里想些什么啊!

"我要离开这里,"匹诺曹用手指轻轻碰了一下他的鼻子,发现它已经像一根小树苗一样成长起来,很结实,还有新生木头青邦邦味道。他一遍一遍地抚摸它,忽然对自己的鼻子生出一股强烈的爱意,"我不能允许我的鼻子遭受嘲笑!"

他离开镇子的时候是深更半夜。他确信唯一的朋友珍妮还在梦乡里。他有时候懒得理会她,她是个健康的过圣诞节的草莓色的孩子。

三寸长鼻子的匹诺曹自此离开了小镇,从此再无音信。

5

她顿了顿,说:"我知道你的鼻子会一直变长,因为我记得你告诉我的话,你说有时候说谎是为了得到某些新的尝试。我相信这种尝试总是存在你的生命里。"她抬起头看看那根畸形的长鼻子。

"是啊,我喜欢新尝试。你不问问我这些年都做了什么。我每次说谎都很值得。我通过我说的谎得到了我想要的所有东西。为什么不呢,既然我们根本做不到不说,何不尽兴呢!"

可是她好像没有听见他的话一样,眯着眼睛沉浸地说:"我还记得你第一次说谎的样子。"

"我记得那天你爸爸叫你去给住在小镇中心的富贵人家送一只打好的木箱子。我是和你一起的。那户人家的房子非常大,玫瑰花墙很高很高,里面的光景一点都看不到。到大门口的时候,你对我说:'你在这里等着我,我很快出来。'

"可是过了很久你才出来。你捂着脸。不让我看你的鼻子。

"原来你是看见那富家小姐在吃巧克力。那时你还没有吃过巧克力。你看着那褐色的甜软的小玩意儿在那小姐的牙齿之间一瞬就融化了。你很想试试。你就讨好那小姐,说她有多么多么好看。你多么多么爱慕她。嗯,你当然可以单去说的,你的脸总也不会红起来。可是事实上她是个跛子,丑陋极了。你说了言不由衷的话。你拿到那块作为奖励的巧克力放进嘴里的时候,已经发现你的鼻子在变长了。你狼狈地逃出来的时候我看见你的鼻子已经有一寸长了。可是你却告诉我说,你觉得很值得,因为你吃到了巧克力。这是多么可贵的尝试啊。"

她说完就不再出声了。她确实看见有小股的水流进他的嘴里。她想,他是用多久学会了流泪呢。

良久,他忽然嘿嘿地笑了。

"你说得不对!那并不是我第一次说谎。我第一次说谎,是在你送给我毛衣外套的时候,你还记得吗,我对你说,我多么爱你啊。其实我只是一块木头,我又怎么懂得什么是爱呢!嘿嘿,你过来敲敲我啊,我是空心的呢,我根本没有心和肺的!"他指着心脏的位置,痛快地说着,还用手指不断敲打自己的身体。

她怔怔地看着他,听见他身体发出咚咚咚咚的鼓一样的声音。可是忽然,她却连连摇头说:"不对,不对,不是这样的!如果那真的是你第一次说谎,那么你的鼻子为什么当时没有变长呢?"

他不耐烦地说:"总之,我没有喜欢过你,你快点走吧,不要自作多情。"他的话音刚落,她就听到吱吱的木头在拉伸的声音,她抬起头,发现他的鼻子又在长长了。她于是知道,他又在说谎了。

"你想否定你的感情,那是办不到的。"珍妮轻轻地说。

"可我想让你离开这儿。为什么要白送掉性命呢?"他忽然低低地哀伤地回应了她一句。

"能不要否定从前的感情吗？到最后时刻仍旧在说谎的人应该感到羞耻。"珍妮大声说，竟像个小女孩一样哭泣起来。他艰难地抬起手，碰了碰珍妮，耐心地对她说，语气像是慈爱的父亲在哄他的小女儿：

"珍妮，倘使我当时不离开，在你的身边，做一个永远善良纯真的木头人，我同样会觉得不快乐。因为我看不到更大更远的世界。我不会遇见各种人，所以我也不会知道，你才是对我最好的。现在，虽然这一路的代价也可谓惨重，但是我终于知道，你是对我最好的。"他话语温柔，她低头看去，发现大水已经漫过他的下颌，很快就要漫过他的鼻腔了。珍妮去抬他的头，然而因着那只硕大的鼻子，头颅的重量她的确无法负荷。她知道他就要被呛死了。她忙了半天毫不见起色，只有水，越来越猛烈地涌过来。

"皮诺曹，我现在终于懂得爱情的真谛是什么。是甘愿。人一旦甘愿地去爱一个人，就会万分投入地去为他做所有的事情，并且感到幸福，永远也不会后悔，你不觉得这样的情感很美好吗？而你早年的离开，使爱着你的人想要为你做什么都不能。现在终于可以了。我甘愿留在你身边，和你一道离开，这是我最后一个选择，包藏着我从少女时代到如今的情感。"她俯身亲吻匹诺曹的脸颊，"怎么样，你就答应吧。"

然而匹诺曹没有应声，水已经漾过了他的鼻腔，盖过了他的眼睛。

珍妮把脸贴在浸在水中的匹诺曹的脸上，轻轻又甜蜜地说：

"那么你是答应啰,匹诺曹。嗯,好吧,现在就让我们好好睡吧。"

她躺在匹诺曹的身上,脸贴着他的胸膛,等待水渐渐漫过她,他的胸腔里已经没有任何波动的声音了,只有水,大水一波一波漫过来的声音。

"晚安,匹诺曹,晚安,我亲爱的木头小人儿。"

6

那是相当安静恬美的结尾。可是不甘心的小孩子总是喜欢让他爸爸加上"匹诺曹的鼻子后来开出了花朵,是大片大片的红色爱情之花"。

"那是珍妮花,"小孩儿自作主张地说,"珍妮花开在匹诺曹的身体里,所以,他们分不开啦。"他一边说,一边拿彩色水笔记录下那美好的一刻。他为自己安排的这个美满结局感到得意,就咯咯咯地笑起来。

昼若夜房间

这个房间的白天总是进不来,被厚实的粗棉布窗帘紧紧地挡在了外面。我哀求她,或他:请把白天放进来,放进来!我只是想把眼前这张脸孔看清楚。而她,或他,或者他们,只是在外面经过,走来走去,发出消灭的声音。我知道,他们在杀死阳光。而白日,已所剩无几。

1. BOX 酒吧和相片里的男孩

这是一个夏天的夜晚。莫夕穿着一双厚实的波鞋,宽大的印着唱片广告的大T恤,神色慌张地从山上跑下来。她跳上一辆从山脚下的公路上开过的出租车:

"BOX 酒吧,湖边的那个。"她说,然后就闭上了眼睛,把头靠在车窗上。而此时窗外的天空已经开始下雨。

这一天不是周末,又因为下雨,酒吧不算热闹。也许根本没有人注意到这个脸色苍白,把细瘦的手指紧紧插在仔裤口袋里的女孩,她的中长散发许久没有染色,带着一种营养不良的淡黄,而眼窝深陷,黑色的眼圈像是一个动态的、随时在扩展面积的泥潭。她像蝙蝠,因为身上的棉恤太大,兜了风和雨水,并且她脚步飞快,一闪而过,就进了 BOX 那扇木头栅栏的棕色大门。

她迅速穿过小酒吧里黑暗的过道,走到角落里一把毫无依靠的高脚椅上,坐下。她要了橘子味的朗姆酒,十分警醒地环视四周。房间很暗,围困在这里已久的烟气使她有种错觉,这是一个炼丹的大炉,周围的人其实都是虔诚而邪性的信徒。他们都在寻索一些自己想要的东西,青春的年华,金钱,美丽的脸孔或者美味的食物,优秀的性伴侣。这没什么不对,她想,她也在寻索。

她喜欢这里的光线,即便有乐队唱起歌来,点亮的灯盏也不会把她的一丝头发照亮。她喜欢黑暗,可以忽略她的苍白和恍惚,这样便没有人看得出来,她不似这个世界里生活着的同龄姑娘。

而事实上,在过去的三个月里,她都没有离开过芥城南山上的小房间。在那里,她有一张比单人床稍微宽绰一点的床,有一台她一直带来带去的手提电脑,有一台从旧货市场搬回来的小冰箱。她在里面放了黄桃酸奶和打折的罐装啤酒,每天以此度日。而她一直在写,她写着她伟大的小说。每一天里,她除了外出去购买食物,同小商贩有简单的交流,除此之外她不和任何人说话,她没有电话,没有邻居,没有拜访的朋友。是的,她需要这样的环境,来专注地写完她的小说。这是一部字字关于小悠的小说。她写了小悠的死去,像是走过了花季的美艳之花,死得凄绝但是必将让人永世怀念。她的小说里,小悠被葬在山脚,其实离她这段时间休养的地方不远,她还曾到过那里,隐约闻到一种熟悉的甜美气息。转念间,这个地方已经抵达了她的小说,成为小悠歇息的温暖墓穴。在她的小说里,有很多人来缅怀他,春天,夏天,每一季。他们是他的亲人朋友,而更多的是他的情人,她们一直仰着头看着这个高贵的男孩,在他死后,在他变得低矮之后,她们仍旧带着一样的崇敬和依恋来看望他。这也许可以算得上她的小说里最温暖的结尾。

可是现实中,她并没有目睹小悠的死亡,那个时候她已经在柏城。她在一个土黄色大布围起的房间里,像往常一样坐在阳台上眯起眼睛看放在高一点的架子上的一大水缸金鱼。她的膝盖上放着印着粉色樱花的淡香味信纸。她给小悠写信,她一直没有写好,可是她必须写好,一封激情盎然的信,要他来看她。骑着白马也好,穿着盔甲也好,她要他风尘仆仆又体面地来看她,并带走她,像一个有着远大理想的成年男子那样。那个下午,她仍旧没有写好信,她和小悠彼此太熟悉了,她知道小悠的喜好,一般的言语他是不为所动的。她怅然若失地收起了笔和信纸,打算明天继续写,而这个时候门铃响了,邮递员送来了信。一时她有些迷惘了,有种错觉是小悠回信了——一时她竟忘了她要写给小悠的信还握在她的手心里,没有寄出。她飞快地接过信,拆开……

死于酗酒和兴奋过度的男孩,离开的时候脸上是不是带着意犹未尽的笑意,而脸色应当红润,还在向外界散发着勃勃的生气,一点也不像一个已经不能动不能思想的人儿。莫夕仔细地想小悠最后一刻的模样。而等到她终于能够哭出声音来的时候,已经是午夜。她倚在床头哭,房间里有一点一点像霉斑一样的月光,但她不确定,也许是在坟墓上跳舞的磷火也说不定。她定定地看着微微荡漾的月光抑或磷火,忽然从床上跳下来。她给自己披上一件淡玫瑰红色的开身外套，手上握着她给他写了一半的信，是很多封，以及她今天下午收到的来自他家的死讯通知，冲向门口，打算去芥城。她对于他的死仍旧没有一个成形的概念，她觉得他仍旧在芥城的某处，而她相信自己有足够的能力把他找出来。

可是她发现房间好像没有了门。房间似乎也没有窗户，没有能吹进一缕风来的缝隙。月光是假象，这里有的只是厚厚的一层一层如幕布一样的窗帘，还有长满苔藓般浅蓝色凸起的墙壁。她想掀起窗帘来，可是那窗帘一层一层又一层，她被困在其中，徒劳无功地一层接一层衔着，尘埃噗噗地掉下来，她开始咳嗽，几近窒息。她开始大喊大叫，而门外有轻轻的脚步声，走来走去，走来走去，和莫夕是这样的亲密却又毫无关联。

室内的风景一直没有变化，只是时间一点一点地错移，多少昼夜之后，她渐渐习惯了这个密封罐一样的房间，她也不再畏惧那白色的癣一样令人生厌的斑状月光。她忽然纵情地笑出声并像西班牙斗牛士一般撕扯着窗帘布的时候，他们说，她疯了。

她花了那么大的力气写完了有关小悠的书，她想她要把这本书印出来，然后放在一个近似棺材形状的小木头盒子里，把它埋在小悠的身边。她知道小悠喜欢阅读，尤其是她写的文字。小悠喜欢看，甚至看得欢喜还会朗读出来。多少个沉醉的时刻，是莫夕坐在小悠的旁边，听小悠念着自己写的句子。那些句子从小悠的嘴里念出来，仿佛是镀过一层均匀的金粉，它们变得价值连城熠熠生辉。所以她要把她和小悠的故事写成一本书，伴随小悠，让他可以在泥土里在天国里,在昼日在黄昏都能阅读。这个在莫夕看来堪称完美的计划消耗了她三个月的时间,她回到芥城三个月,却没有去看过小悠的坟墓,没有见过任何和小悠相关的人,她想她首先要完成这本书,把它出版,做成最精美的图书,然后带着它去看小悠。三个月里,她靠着给通俗的妇女杂志写各种暧昧的桃色故事赚钱,支持她的生活。可是有时她的脑子一紊乱,就会写出一些不着边际和主题无关的东西。比方说,她写着写着忽然转而去写一间房间,密闭,让人透不过气。她花了三千字描写这个和上下文毫无关系的房间,令人不知所云。再或者她忽然停下来讲述故事,开始一段莫名其妙的对男子相貌的描写,详尽到极致,却不肯提到他的名字。因此她也常常被退稿,或者编辑自作主张地删除。当然,这些她都不计较,她只是想要完成写给小悠看的小说,因此她才喝啤酒和酸奶,延续生命,勤恳地写。

　　这个夜晚是三个月以来她第一次外出。当她穿着不合身的大T恤披着缺乏营养的干发坐在BOX酒吧的时候,她忽然觉得世界已经飘远了,她其实被留在了别的一个什么地方。她和她那伟大的巨著,已经隔世了。隔世,她并不十分害怕,可是她害怕的是她断了通向小悠的路,小悠的一切已经渐渐变成沉埋的旧闻,没有人再提起。她害怕这样,她害怕所有的人都忘记了小悠,而小悠是一个多么值得纪念值得凭吊的人啊。

　　她当然不是漫无目的地随便拣了个酒吧光顾,BOX曾是小悠常来的地方。她跟随他来过,他们在这里跳过一支舞,遗憾的是那支舞跳在小悠喝过太多烈酒之后,所以脚步破碎,不平稳,整个过程像是他们在一艘快要沉没的小船上摇晃。可是她仍喜欢,因为那个时候她靠他足够的近。莫夕不知道小悠为什么如此喜欢这里,可是这种对 BOX 感到亲切和舒服的感觉很快也贴在了她的身上,她知道这是个能和小悠的气味相遇的地方。

她环视酒吧,看每个人的脸孔,她想着,他们之中会有人认识小悠吗?可是她觉得那些脸未免太平淡了单调了一些,他们合不上小悠那种高妙的步伐。好几年已经过去了,他们是另外一群人了,他们占领了这里,在小悠和小悠的朋友们离开而这里没落之后。一定是这样。

莫夕于是变得失望,索然无味。她决定离开。可是她也不清楚为什么自己会在已经决定离开之后没有径直地走向门口,而是一点一点贴着 BOX 的墙壁走了一圈。墙壁上有夸张而绚丽的海报和支离破碎的油画。她记不得从前是不是这样的,从前的墙壁大概素淡些,她脑中隐隐闪过这样的念头。然后,她忽然在靠近吧台的墙壁上,看到了那些照片。当看到那些照片的时候,她觉得有很多悬念都打开了,比如她自己为什么会有那么强烈的冲动要跳上出租车直接来到 BOX,甚至连小悠的墓地或者他的家都没有去,她为什么要在这个已经变了味道的地方落座并最终站起来仔细地观察墙壁。

照片大概拍的是某个 party,有很多人在举着蓝莓蛋糕或者朗姆酒,有人在脸上画了玫瑰或者匕首的图腾,有人站在凳子上眺望。这些都可以忽略,重要的是,照片上有小悠。莫夕再次看到了小悠,因为这照片摄于她离开之后,所以照片上的小悠比她走的时候略略大些,是她没有见过的。此刻就像真人一样出现在她的面前,真实得令人几乎能够发出惊诧的叫声。她爬上一把凳子,伸直手臂,触碰照片,并试图用整只手掌覆盖照片上的小悠。照片上的小悠穿着透明的玻璃纸一般硬生生的上衣,穿了细瘦无比的花格子裤子,他的头发竖着而耳朵上全都是洞。他看起来有些过度的神采奕奕,也许是极度疲惫造成的。他的嘴角是微微翘起的,他在跟自己诚恳坦然地打着招呼,她这么想。她立刻变得激动不已,转身对酒吧里所有的人大喊:

"你们谁认识小悠吗?"

那些人原来轻微地摆动,跳着有一搭没一搭的舞,或者正在隔着纷扰的音乐把嘴巴贴在别人的耳朵上努力表达自己的观点,还有人正要推门离开,他们都回过头来,看着这个跪在高脚凳上的女孩,她躲在大棉恤里,只是露着一个乱发的脑袋。她的脸很尖,眼睛凹陷而黑得出奇,瘦得像是淡薄的一片儿。

他们没有答她的话,几秒后,又各自回过头去做自己刚才正在做的事情。

"没有人认识小悠吗?"她又喊,手指噔噔地敲着墙壁上的照片。

这次没有太多人再回过头来看她——酒吧里喝醉的女子总是千姿百态,没有什么可稀奇的。

莫夕敲着墙壁,骨节生生地疼,而声音却淹没在嘈杂的音乐里。她一直喊到精疲力竭,都没有人再回过头来看她。她终于泄了气,手仍旧搭在墙壁上,轻轻地抚摸着小悠的纸片儿身体,发出一种潮汐逼近的剧烈喘息。

过了很久,莫夕才从椅子上跳下来。她冲到吧台,把手臂架在吧台上,对站在里面的侍应生说:

"那些照片——就是墙上的那些照片,是谁照的?"

侍应生看了她一会儿,淡淡地说:

"好像是个到处旅行的男人。"

"贴了多久了,他还来吗?"她急切地问。

"也没多久,他啊,说不准。"

"那么,"她舔了舔嘴唇,说,"你能联系到他吗?你能吗?"

"呃——"这个正在擦拭酒杯的男孩想了想,"应该能,他算是固定的顾客,在我们这儿有存酒,所以应该有联系方式。但是——你有什么事找他吗?"

"噢,是的,很急很急。拜托你帮我联系上他好吗,拜托你。"男侍应也许注意到了,女孩在哀求的时候,全身都在发抖,用一种异乎寻常的颤音在说话,他并没有特别在意,他以为女孩只是太迫切想要找到拍照的人。

"好的。"侍应生说。

"那么你帮我约他,明天,明天晚上来这里见面,好吗?就这么定了。——我没有联络的电话,但我明天一定来,让他也来。谢谢你了,谢谢。"女孩语无伦次地说完这些话,就很快地从大门里出去了。

2. 拍照的男人和一场未尽的倾诉

其实第二天,女孩一清早就来到了BOX,没有电话的人总是担心错过了约会,这是可以理解的。她来的时候BOX还紧闭着大门。她坐在门口的台阶上,天空还像是月经末期的女人,不时地落下一点来,让人心情烦躁。她今天特意梳了梳头发,但是衣服没有换,她没有什么别的衣服,从家里逃出来的时候就只穿了这一件,为了让它保持洁净,她在自己房间里的时候,只是穿胸衣的,把这唯一的衣服晾在窗户前面。现在她的头发被这淅淅沥沥的小雨淋湿了,甚至比昨天还要糟糕。

她缩在门口睡着了,因为 BOX 一直都没有开门,她越来越怀疑昨天夜里发生的事情是否是真实的,她甚至想起了鬼故事,她想起夜晚迷失在荒郊的书生,投宿农家并结识美貌小姐,度过了美好难忘的夜晚,而次日醒来却恍然发现,自己睡在郊外的荒草地上,没有村落也没有任何人烟。她在绝望中睡去,她想,如果这一切只是一场幻觉,那么她也许注定寻觅不到和小悠有关的点滴细节,就像坐在破碎的大冰块上漫无目地漂浮,完全是孤立的,她和她仅有的关于小悠的小说记载。

所以睡过去倒是一种解救,这是她在过去很长一段时间里惯用的解决问题的办法。过了很久,她被人轻轻地拍醒了。她迷迷地睁开眼睛,她还倚着 BOX 的大门,那是真实的木头,没有消失。她的眼前站着一个平头的中年男人,此刻他正弯下腰探身看着她。他的鼻子头是圆形的,莫夕一向对于这样的鼻子有莫名的好感,她觉得这是一种宽厚大度的象征,她隐隐地记得她的父亲应该是生的这样的鼻子。而她和姐姐一点也不像他,所以她们也都没有父亲的品性。

眼前的男人身上穿着一件黑色的有点像旧时对襟褂子一样的衣服,看起来应当是什么奇特的民族服装,但是却也不张扬,恰到好处地令人觉得不俗,也舒服。男人声音很和蔼可亲,开口问她:

"是你要找我吗?"

莫夕缓缓地支起身子,看着他,慢慢才想起,她是在这里等人的,她要见的是拍小悠照片的人。她连忙说:

"墙上的照片是你拍的?"

"是啊。"他说。

"你认识小悠吗?你肯定认识小悠!"莫夕倏地从台阶上站起来,男人也站直了,他们面对着面,莫夕仰脸问他,一脸纯澈令人动容。

"呃——是的。"男人点点头,然后他又说,"我们找个地方坐下来说吧,BOX今晚不营业,乐队和老板都去参加聚会了。"

莫夕点点头,跟随男人背向BOX酒吧走去,她才注意到,已经是傍晚了,雨是不下了,天还是一副不怎么痛快的样子。

他们在一个有落地玻璃的餐厅坐下来。是一间泰国餐厅,所有菜的颜色都极是鲜艳。莫夕透过大玻璃看到外面的莲花型串灯,奢靡的艳橘色让人睁不开眼睛。可是她喜欢这样的大玻璃,可以看到外面的街道和不远处的湖面。她喜欢这样开阔的没有阻碍的视野。她喜欢透明,喜欢外面和里面交换光线和目光。她把脸贴在玻璃上,看看外面的风景,又看看对面的男人。

她以为男人会问她要吃什么,这会让她有点为难,因为她没有吃过泰国菜,她对于这些乱七八糟的名字以及调味佐料一无所知。然而男人却并没有问她,他直接对侍应生说了几个菜名,还要了红酒。她喜欢这样,她喜欢他帮她做了决定,很果断,不用因为这样琐碎的事情来回推让,浪费时间。

然后男人点着了一根烟,吸了一口,看着莫夕,问:

"你要找小悠?"

"不,我知道他死了。"

"嗯。"男人点点头。

"我是想知道,那些照片拍在什么时候,那时候小悠在干什么,你知道他是怎么死的吗?这些事情我不知道,因为那时候我走了。"

"你是他朋友吗?"男人点点头,问。

"女朋友。"莫夕很坚定地纠正他说。

"哦?是这样啊。"男人意味深长地再点点头。

"您能告诉我吗?这对我很重要。"莫夕相当认真地说。

艳黄色的咖喱海鲜上桌了,侍应生隔在他们中间忙活了一会儿,因为有个点火的小炉子在下面,而且还要给他们摆放餐具。他走开之后,莫夕接着又问:

"行吗,告诉我吧。"

"你跟他闹了小别扭,然后你离开了?"男人没有回答她的问题,又揣测着问。

"差不多吧。求您了,告诉我吧。"莫夕已经有些不耐烦了,迫切的心情已经让她失去了礼貌。

"好的,但是我们一边吃饭一边说,你不要着急。——我猜你很久没有好好吃过东西了,你的脸色很不好。"男人温和地说,不紧不慢,但是的确十分打动人。莫夕点点头,舀了一勺咖喱海鲜在自己的小碟子里。

"照片好像是我在四月里拍的。在 BOX 的聚会上。他和很多人一起,我只和他们中的一个人比较熟悉。那也是我第一次见到小悠。

但他看起来很特殊,所以我记住了他。"

"怎么特殊?"莫夕连忙问。

"呃——我说不好。但他当时就是照片里的这个样子。"

"他那时候好吗,他健康吗?"

"有些疲惫,喝了很多酒,和一些高大的男孩儿一起跳舞,跳得十分累了,他就到一旁去靠在墙边休息。但是他人很热情,和我谈了很多旅行的事儿。我们还约定要一起去云南的丽江。"

"为什么要喝那么多酒!为什么要一直跳舞!他的身体本就不好!"莫夕心疼地叫起来。

男人不语。于是安静了下来。男人吃菜,给莫夕倒了半杯红酒。莫夕啜了一口,很辣很辣,她看向窗外,天已经彻底黑了,莲花灯模糊了,像是一截在跳舞的腰肢。可是莫夕总是担心着,它就要断裂开了。她缓缓地转回头来,问:

"之后呢?你又见过他吗?"

"没有。本来我们约好五月中去云南的,但是他四月底就死了。"

"葬礼你可去了?"

"没有,但我朋友去了。——呃,没有通知你吗?"

"通知了……但我当时有事……"莫夕缓缓地说,言辞闪烁。

"唔,你真的是他的女友吗?"男人想了想,终于开口问。

"当然是,你不相信吗?我可以拿给你看,我有他小时候的照片,有很多很多我们的合影,有他送给我的圆形徽章,有他写给我的信……"女孩的反应是这样激动,她开始不停地颤抖,声音又是十分

怪异的颤声。男人注意到了这些,但他的反应很平静。他说:

"啊,对不起,也许我的话伤害了你,我只是觉得,小悠他并不需要女孩子……"男人的话到此打住了,他低头又开始吃菜。莫夕呆呆地愣了一会儿,好像被什么重重地击了一下,然而却没有倒下,只是在想着应对的策略。可是她没有,确切地说,有关小悠,她并没有什么是能紧紧握在手里的。事实上,她现在连那些信件、连徽章、连合影都没有,她身上没有任何他留下的东西,所以她没有办法向旁人证明她是他的女友。她缓缓地站起来——她觉得自己是可耻的,心虚地在这里和一个不相干的陌生人争辩。她虽然喜欢这些色彩鲜艳、味道浓烈的食物,她也的确需要食物,可是她想她现在必须离开了。

当她已经背向桌子迈出步子的时候,身后的男人叫住了她:

"请等等——"

她站住了。

"原谅我说了不适当的话,但是我并没有恶意。小悠是我很喜欢的朋友,今天我来了并认识了你,我觉得这可能是延续了我和小悠未尽的交情,请你不要生气,我们可以继续说说有关小悠的事,算是对他的怀念吧……哦,他已经死去三年多了!"

男人的话是这样诚恳,而那句对于小悠的怀念的话,的确是莫夕最想听到的。倘若说她还觉得这世间还有什么人是值得她来交往的,那么应该是和她志同道合的人,而所谓志同道合,应当是和她一样怀念着小悠的人。这样的人她一直没有遇到,除了眼前的这个干净又很有智慧的中年男人。

她于是再度坐下。但是很久他们都没有再说话。他们只是默默地吃饭，喝酒。走出餐馆的时候，她忽然对他说：

"我没有吃饱，还有什么可以去吃的吗？"男人看到女孩仰着脸，认真地问他，他此刻确切地知道，这还是个孩子，她的皮肤还是小姑娘那种粉粉的自然颜色，没有任何雕琢，而声音也是稚嫩的，令他觉得清新而美好。

他们又去了一间二十四小时营业的茶餐厅。那里有女孩儿们喜欢的各种甜品，芒果布丁，西米水果捞，红豆冰。莫夕看着那些美好的名字，真想把所有的食物都点一个遍。她有太多天没有好好吃东西了，而又有一种直觉告诉她，她不需要在这个男人面前辛苦地掩饰自己，维持什么良好的形象。她只是想自然的甚至放纵一些的，不知道为什么，但她相信，这个男人能允许她这么做。

她要了五道以上的甜品，男人只要了一杯热奶茶。甜品一道一道上来，她感到心情慢慢地好了起来，因为那些甜腻的味道的确能够令人产生满足感。男人很快乐地看着她吃，慢慢地喝了一口奶茶：

"希望你能把我当朋友，跟我说说你和小悠之间的事，我们能够交谈得坦诚并且舒服。"

莫夕点点头，她其实当然十分需要倾诉，她太需要倾诉了。她在一个又一个密闭的房间里度过了一段又一段的时光，她几乎已经失去了说话和表达的能力。她只有写，打字的时候，她感到手指很疼，像是裂开一道一道深楚的口子，只是为了能够倾诉出来。她觉得那种倾诉是这样的撕心裂肺，有流血有牺牲，都是十分糟糕而又迫不得已的倾诉方式。她当然需要一个人来听她说，但是这个人一直不存

在,而她渐渐从疯狂变得沉静,静得像是陪葬在小悠坟墓里的一尊人形石膏。她于是说:

"我和小悠一起长大,相伴上学有十几年。到了很大的时候还喜欢牵着手上学,书包是一个花样,不同颜色的,我的是粉红的,他的是草绿的。我们都喜欢艺术和所有令人惊异的东西。所以我们一起做了好多的事。我们一起捏雕塑,给彼此做人体模特这样画画,我们还一起养了一窝小鼠崽,繁殖太快了,我们后来才知道,我们给这个世界添了乱子……"

她的确讲了很多有关小悠的事,但是她说得断断续续,没有顺序和条理,好在也都是一些零碎的细节,而她在意的又都是一些格外奇特的小片段,所以听起来十分有趣。比如她认定小悠是一个长了两个瞳孔的精灵,因为他精通乐器,热爱朗诵,而每每在他演奏乐器或者大声朗诵他写的新诗的时候,莫夕就会感到一种将要离开地面飞起来的奇妙感觉。她会注意到小悠的眼瞳闪闪发光,里面幽深如无可猜测的时间隧道。她就会紧紧地被那双眼瞳吸住。"他有能把人带到另外一个世界的本领,他会飞。"她在讲述的时候,忽然闭上眼睛,轻声而充满赞美地说。

细节很多,概括来说,就是她和小悠是两个一起长大感情深厚的孩子。小悠过着在正常孩子看来有些奇特和杂乱的生活。他结交了很多所谓的搞艺术的,但是没有人确切知道他们究竟是干什么的,只是知道他们留着彩色的或者过于长杂的头发,穿破碎的或者过于啰唆的奇装异服。他们在酒吧聚会,最常去的就是BOX,有时也打架,但是一切都神色坦然。小悠和他们相比,显得太单薄瘦弱了,这使莫夕觉得有点不安全。然而小悠告诉她,他需要这样的朋友,非常需要,因为他们一起交谈一起工作会激发他的灵感,他会成为最优秀的艺术家,这一点他请莫夕相信他。而莫夕也的确是相信了他,所以不再阻止小悠去参加那些聚会,然而她想跟着去,站在他的旁边,不会胡乱讲话,不会干扰他们的工作,她保证。但小悠终是不肯,他希望在这样的时间里,他是单独的,——他没有说明理由,但是他的坚持令莫夕最终放弃了这样的愿望。

小悠只有一次带她去了,因为那是她的生日愿望。但是那天的 BOX 十分空荡,没有几个人,小悠和侍应聊了几句,让他们放了莫夕喜欢的 Dead Can Dance 的唱片。他们开始喝酒。莫夕发现,原来小悠能喝下那么多的酒,那么多那么多,最后令她恐慌了。但是她觉得小悠很开心,话也说得很多,总是不想阻止他,破坏了他的好兴致。最终小悠醉了,拉起她的手来跳舞。支离破碎的舞蹈,莫夕和他身体贴着身体,像是在缓慢行进的小船上漂。后来他们都睡着了,依偎着睡在了 BOX 墙角的一只单人沙发上。那是一个令莫夕永远难忘的生日。

然而她也知道,他和他的朋友们会喝很多酒,烂醉之后会把自己丢在一处,像流浪汉或遗失的宠物一般睡去。

但她没有来得及再劝阻他什么,后来她离开了。

男人一直沉默地听着,他当然注意到她仍旧没说她究竟为了什么离开了。总之她本可以和他读同一个大学,但是她去了别处。并且有相当长的一段时间里都没有再和小悠联系,直到小悠死去。

"我们只是因为一点不起眼的小事闹了别扭。可是谁都不想让着谁。"莫夕对于她的离开只是这样轻描淡写地一带而过。男人点点头,也不多问。

甜品已经都被她吃完了。她当然是已经饱了,可是她却仍旧感到需要一些甜食,她喜欢那个红豆冰,上面的红豆每一粒都会软软地在嘴里化掉,沙沙的感觉像是在轻轻地打磨舌头。她又唤来侍应生,要了两份红豆冰。她还转过头去看了看男人的表情,男人微笑,放任她去。

她低头吃刨冰,好像故事已经说完了。但男人却知道远远没有:

"小悠死了,你得知了不是吗,为什么不赶回来呢?"

莫夕把勺子放下,看着男人。她幽幽地说:

"那是另外一回事,和小悠无关。"她简单地说,继续小心地吃着一颗一颗红豆。她当然知道自己只是敷衍了一下,而男人的目光还在看着她。她只得又说:

"我需要告诉你吗?可我却对你的一切一无所知。"女孩的语气有点酸酸的,男人就笑了:

"你想知道我什么?"

"算了,我已经没有气力去过问别人的故事了。我脑子里已经被塞得满满的,要爆破了。"她在低低地呐喊,声音像是在哀伤地求救。男人伸出手臂,拍了拍她的头顶,轻柔得像是在哄她睡觉。他轻轻地对她说:

"我觉得你似乎受到过什么刺激,你的精神现在非常脆弱。是这样吗?"

男人就像资深的心理医生,一下就戳到了她的痛处。她觉得这个男人一出现就是在走近,他有很大很大的本领,可以一直走到她的心里面。她害怕又喜欢这样的一个人出现。就像这个人要帮她分担一部分坠在心里的负担,但她不知道是不是应该给他,虽是负担,但这毕竟是她的,甚至是已经长在她身上的。然而她最终还是说:

"我不知道怎么算是刺激。大大小小的,就像钻隧道一样,一截黑,一截白。渐渐就习惯了,不会感到有很大差别。"

"可怜的孩子。"男人轻轻地不由自主地说。但是莫夕可以听得非常清楚,简单的几个字,她却忽然觉得委屈,长久以来积存在心里的痛楚终于释放出来,这种释放源自一种疼惜,源自一种在乎。这不是小悠能给的,这不是索索能给的。她很快就掉下眼泪来,她其实已经不清楚她在面对着谁了,陌生人,父亲,还是天上的父?她只是知道自己走了很远的路,已经走得完全力竭了,现在她找到了一个可以栖息的地方,她需要的温暖的巢穴。她想缩起来,想忘掉小悠死了,想忘掉姐姐索索,想以婴孩在子宫里的姿势睡着,在她终于到达的巢穴里。

可是她当然不可能忘记,她一直记得小悠的死,她在他的死亡后仍在做着和他相关的事,就像是一条从阴间甩下来的铁锁链,紧紧地钩住了她的喉咙,她于是始终在跟随着那一段动,疼痛不已,然而她却是情愿的。她也没有忘掉姐姐,她刚才或者在此前三个月里的无数次,曾不断地触碰到这个名字。

她仍坐在男人对面,红豆冰半天没有碰了,在渐渐消逝,融化。女孩忽然紧紧地用两只手捂住耳朵,她拼命地甩着头,像是在把脑子中的什么东西挤出去——她的样子像是彻底疯掉了。男人过去扳住她纤细的手臂,把她的头揽在自己的怀里,轻轻地拍着她的背,要她镇静下来。

而她终于叫出来了:"索索,求求你,放我出去!放我出去!"

3.索索和阴霾的童年

索索是个可爱的名字,你承认吗?它念着软软的,像是咬住了一块糯甜的糕。童年时候的莫夕,最喜欢念索索的名字,这并非是她不尊重姐姐,直呼名字,而是比起姐姐来,她觉得索索是个更加亲切的名字。她一叫索索就会想到糯甜的食物,因为只有她姐姐索索会买那样香甜的糕给她。那种宠爱是从头到脚的,是渗入骨血的,谁也无法抗拒,谁也不能抵御。

索索比莫夕大九岁,是个能够给予她方方面面的爱的大姐姐。而又因为她们所在的特殊家庭,这种爱变得更加宝贵,它无限无限地贴近莫夕,贴在莫夕的皮肤上,把她包裹起来,完全地把她藏了起来。

父母的离异是由于父亲暴君一样自以为是,任意侮辱和打骂母亲造成的,当然,还有他的外遇。可以说,他是一个不折不扣的禽兽。这一点索索一定比莫夕体会得要深刻得多。因为那个时候莫夕只有三四岁,而索索将要步入美好的青春期。她看到父亲喝很多酒回家,和人打了架,脸上带着比踩烂的爬虫还有恶心的伤疤,他气咻咻地坐在沙发上,他抬起脚架在扶手上——她们的母亲就知道,他的意思是要她来给他洗脚了。她立刻去拿了毛巾端了洗脚水。她蹲下来,慢慢地把男人的脚放在水里面。

哐啷!男人遽然把水盆踢翻了,大吼道:

"这么热的水,你想烫死我啊!我在外面不顺心,回家难道还要受你的气?"男人又一脚踢向女人,蹲着的女人来不及支撑住,立刻仰身倒在了地上。她已经被泼得浑身是水,而现在这么一躺,全身都湿了。可是她面无表情——她已经渐渐习惯,面无表情是她此时最适合最恰当的应对表情。她把水盆拿起来,再去倒水。而所有的热水都用尽了,她只能重新烧水。水过了十分钟才开,她倒上,混入凉水,把手伸进去试了又试,然后终于确定是合适的温度了,她再次端着盆到了男人的面前。她刚蹲下身子,男人忽然抬脚,又是一踢,盆又翻了,一盆水都泼在了女人的脸上。

这一次男人站了起来,他是那么高,冷得像一根柱子,他对着女人的腹部就是两脚,女人再次躺在了冰凉的地上。男人又吼叫起来:

"换盆水用了那么久!你不知道我的脚一直晾在外边吗!你想冻死我是不是!你这个狠毒的女人!"他说着又连着踢了女人几脚,女人躺在地上哀叫,求饶。这是索索看到过无数次的情景,可是她仍旧无法忍受地从自己的房间里冲出来,她去挡住父亲那落在母亲身上的脚。而每次的结果也都是一样,父亲开始打她,踢她的肚子,一巴掌打在她的脸上。她也习惯了,只是疼痛仍旧是那么深楚的,她不得不发出哀叫。并且她知道,明天早上脸和身体都会肿起来,她又没有办法去上学了。

这些事情索索一直记得,就像她口腔里总是刺到舌头的尖利牙齿,不断地触碰,疼痛,还没有好,就再次碰到,反反复复地流血,已经成了她感到生活在继续的标志。她痛恨,她痛恨父亲的丧尽天良,也恨母亲的懦弱无能,她多次劝母亲向父亲提出离婚,然而母亲终是不肯,这个沉默的中年女人是这样的保守,她觉得受苦挨打被虐待比起破坏了这个家庭都不算什么。在索索看来,这个家里只有刚刚学会走路,念数字和零碎汉语拼音的小莫夕是最可怜的。她渐渐变得硬心肠,母亲挨打的时候,她不再去劝阻,她明天要上学,她不想受伤然后躲在家里半个月,她再怎么阻止,母亲也还是一声不吭不反抗。她厌倦了母亲那张皱皱巴巴如吸水海绵一样能够无限制吞下屈辱和疼痛的脸。她不想再看到那残忍的一幕一幕。所以当战争再开始的时候,她就会抱起莫夕迅速逃开。她领着莫夕的小手走去空旷的小学操场。她把莫夕抱起来,放在高处的台阶上,然后把自己的脸贴在莫夕的小胸脯上,小声地哭泣。莫夕就会伸出小手捏捏索索的耳垂,然后指头肚轻轻地在索索的耳朵上摩挲,嘴里含混不清地叫着:"索索,索索。"

　　索索仰起头看莫夕纯稚的小脸,她皮肤很好很好的,像是透明的水晶小人儿,她的牙齿刚长好,小得可爱,她一翻嘴唇就露出来,像是排得整整齐齐的小石榴籽。索索亲亲她的脸颊,亲亲她的额头,亲亲她的小耳朵,又亲亲她的小肩膀,还有她小藕瓜一样的一节一节鼓鼓的小手臂。她亲吻莫夕的时候,莫夕就会咯咯地笑,也许是痒,也是仅是因为她喜欢这样,这样轻柔的吻令她感到舒服。而她的笑声令索索感动,索索觉得,这是人间最美妙的声音,而眼前这个剔透的小精灵,是她在整个世界里最珍惜最宝贵的东西,也是她唯一保有的东西,她要紧紧地抱住她,不许任何人来伤害她。

　　终于有一天这样的日子结束了,父亲提出了离婚,因为他在外面有了中意的女人,他明显十分喜欢那个女人,以至于他愿意放弃这样一个他能够当老妈子使唤的好妻子。索索看到母亲哭了,这一次她终于不再是面无表情了,她失声痛哭,——她竟有这样多的泪水,这是多久以来的积攒啊。

索索在一片混乱中捂住了莫夕的耳朵,她觉得这场哭泣太凄冽了,会给莫夕的童年留下大片的阴影。她捂住了莫夕的耳朵,而无邪的小女孩还抬起头冲她微笑。

他们离婚之后,索索和莫夕都归母亲抚养,于是她们获得了她们一直居住的破房子。然而母亲很快就病了。她好像是一颗一直跟随机器运转的螺母,现在忽然停了下来,就立刻蒙上了一层锈,这是一种终结,她再也没法工作了。她失去了她的功能。

母亲患的是肺癌。索索看到母亲内部身体的 X 光片,大片的阴影像是乌云密布的天空,母亲的呼吸透不过来,像是光再也不能抵达地面。她忽然对母亲很失望,她为什么不爱惜自己的身体?她抱着莫夕转身离开了诊断室。

母亲开始住院,每天要花很多钱。索索站在父亲新家的门口等父亲回来问他要钱。她牵着莫夕的手。而冬天已经来了,莫夕有点感冒了,在流鼻涕。父亲出现了,索索就走上去:

"我妈妈得了癌症住了医院,你拿些钱出来行吗……"她直截了当地一口气说下去。男人没有等她说完,就一个耳光掴在她的脸上,她没有站稳,一个踉跄,差点摔倒在地上。莫夕看见就吓坏了,哇的一声大哭起来。男人最受不了这样撕心裂肺的哭声,他忍无可忍地踢了莫夕一脚,莫夕那么瘦小,立刻就像飞出去的小球,退后了好多米,然后跌倒在地上。男人嘴中还骂着:

"小崽子除了哭还会什么!"

索索连忙跑过去把莫夕扶起来,莫夕只敢小声地抽泣,而她的衣服已经擦破了,露出一撮一撮的棉絮,她的小手也划破了,血流得到处都是。索索吓坏了,她连忙把莫夕抱起来。她愤怒地看着男人,她多么想杀死他,吃掉他,咬碎他的骨头。可是她知道,眼下她不能再多说一句话。莫夕已经受到了伤害,这是她最在乎,最不能忍受的。她抱着莫夕转身离开了,她知道自己再也不会来求他了,再也不会。

不过索索的确没有更好的办法,她才十六岁,自己还是个需要宠爱和呵护的孩子。她没有办法赚足够的钱给母亲治病,她也没有足够的力气去照顾病榻上的母亲和幼小的莫夕。母亲看出了这些,她看到了自己十六岁的女儿的绝望和无助,她知道女儿对自己有些记怨,失去了最浓烈的感情,她只是在苦苦地应对着,受着煎熬。于是她在那个冬天里相当暖和的一天自杀了。她裹了毯子从医院楼顶的平台上跳了下来——这是一种最省钱而且简便的解决问题的方式。

她终于把索索解脱出来了。做孤儿做童工她并不害怕,不是吗?现在她可以和她最亲爱的小妹妹莫夕相依为命了。她完全拥有她,她从此要负担起责任,照顾她,保护她,这是理应的事。

索索开始做童工养活自己和妹妹。清洁工,报童,抄写员,咖啡店女招待,她都做过。她渐渐变得刚强而沉默寡言。她总是在最疲倦的时候,把莫夕搂在怀里,亲吻她,然后她就会觉得,一切都是值得的,她是那么的甘愿。她不知道自己正在渐渐地合上心门,变成一个冷漠自闭的姑娘,她不知道,她的爱因为深楚而失去了正确的方向,已经盲失了。

而父亲的再度出现破坏了她刚刚垒砌好的稳定的生活。父亲的新妻子不能生育,他们一直没有孩子。而父亲最终决定,把莫夕抱回去。他来到这幢旧房子,他敲开门就兀自闯进最里面的房间,他从床上把莫夕拎起来就要把她带走。索索拦住他,拼命地拍打他的手臂和脊背,让他放下莫夕。而凶狠的男人却说得振振有词:

"你们的妈已经死了,她归我是理所应当!"

索索不听不理,只是用尽全身力气要掰开男人两只钳在一起的胳膊,想要把莫夕抢回来。男人的两只手牢牢地扣在一起。索索最后只有开始咬,狠狠地咬男人的手背。男人嗷嗷地叫起来,挥手就是一掌,抽在索索的脸上,索索的头撞在门上,被打中的鼻子开始流血。她想,怎么也不能让他把莫夕带走,否则她的生活就再也没有继续下去的必要了。她靠在门边,一遍一遍告诉自己,绝对不能让他把莫夕抱走。她终于开口哀求道:

"爸爸,你也把我带走吧,我愿意当丫头任您使唤,天下只有你和小夕是我的亲人了,我不能离开你们啊,求求您了!"索索说得声嘶力竭,她几乎用上了自己所有剩下的力气。男人看着她,他显然对索索这个主动要求当丫头的恳求十分有兴趣。

于是她们都住进了男人的新家,那里大而宽敞。只是继母的目光冷漠而充满怨气。她常常吩咐索索去帮她做冗杂的琐事,洗她的内衣,帮她吹干头发,等等。索索也都照做,她只要能够每天看到莫夕,看到她快快乐乐地成长,索索就会感到十分欣慰。

父亲仍旧喜欢喝酒,他常常醉倒在离家三条马路的小酒馆不回来。时间大约过了凌晨一点,继母看男人还没有回来,就知道他一定醉倒在小酒馆了,于是她就打发索索去接她们的父亲回来。这个时候莫夕已经八岁,可以帮姐姐干活了。她们两个就一起走到那家小酒馆,把父亲搀扶回来。大约每周都要有这么一两回,她们在凌晨一点之后出门,深秋午夜的天气,刺得人一阵一阵钻心地疼。索索通常都给莫夕套两个外套,缠上围巾再带她出门。小酒馆已经打烊,她们的恶棍父亲就睡在门口的台阶上。她们把他搀扶起来,倘使他没有睡熟,还有意识在,有时候还会冷不丁地给她们一掌一拳的,像个被惊扰了睡眠的野兽。

而在那个夜晚之后,她们再也不用午夜去小酒馆接她们的爸爸了,她们也不用唯唯诺诺战战兢兢地活在父亲家的屋檐下了,继母也不再能使唤和嫌弃她们了。这一切的一切,都自动地解除了。因为她们的父亲死了。那个夜晚她们的父亲喝醉了酒,自己从小酒馆走回家,神志不清,走路摇摇摆摆,最后掉进了一个没有窨子的窨井里。开始家人只是以为他失踪了。很久之后,人们才在窨井的污水中找到他,他已经泡得身形巨大,露着高出水面一大截的肚皮,像是一只浮在水面上的鲸形怪物。

他死了,他死了。索索领着莫夕又回到了她们从前住的小屋。索索继续打工,养活莫夕长大。

不过莫夕不再是一个开朗的孩子,她变得自闭和格外敏感。有时候她会用惊恐的眼睛看着周围的人,包括她的索索姐姐。也有的时候,她会在梦里一直哭,怎么摇也摇不醒。她不喜欢和任何人说话,变得吝惜每一个字。她甚至也开始抵抗索索进入她的世界,她不和她交谈,不让她知道自己到底怎么想的。她们失去那种亲密无间的感情也许就在一夜之间。然后莫夕长大了。长大从来都是一件残酷和丢弃的事。那么突兀和伤人。

而这样一个古怪的孩子,最容易变得偏执,用尽所有的力气去追逐一样东西,在一条路上奔跑,永远也不回头。在这一点上,索索和莫夕其实并无分别,莫夕把所有的气力和爱用在了小悠身上,正像索索把所有的爱用在了莫夕的身上。

4.女巫和她的密室

莫夕把她们的整个童年说完了,凌晨四点钟的天空,已经白了一大片。莫夕的位置靠窗,她可以看到外面天色一点一点明亮起来,像是一种漫不经心的魔术把戏。很少有这样的时刻,她能够见到开阔的室外景色,能够尽情地看着浓密的光。她闭上眼睛,听到男人说:

"你有一个很好的姐姐。她多么爱你啊。"男人的语气严肃而凝重,他刚才一直在全神贯注地听莫夕讲述。莫夕睁开眼睛,看看男人的脸,他脸上有凹凸不平的小坑,但很均匀,又是原本的肤色,看起来倒像是一种有特质的皮肤,自然,并且相当有生气。男人的嘴唇在严肃的时候就会绷成一条线,那条线缓慢地上下滑动,像一根张弛有度的红色橡皮筋。它柔软,充满弹性,并且代表了男人的一种品性,紧绷的,严肃的,又是温柔的,色彩柔和均匀的。

莫夕看着男人,笑起来:"噢,是的,索索是个多么好的姐姐哪!——我困了,找个地方我要睡下去。我得好好地睡一觉。我吃了太多的东西,食物让人昏昏欲睡。"

他们走出了茶餐厅。清早的马路,几乎一个行人也没有,来去的大车都疾驰而过,因为过于安静,车的声音格外清晰。男人和莫夕换了位置,他让她走在马路沿上。他们并排着走,不说话,甚至姿势都很像,低着头,有点弓着身体。莫夕没有问男人这是要带她去哪里。她已经变得很轻,她多想变成一个小得不能再小的手掌玩偶,跳进男人温暖的口袋里,在那里睡觉。

男人带她回到了他的家。那是天蓝色的房间。有很重的寒气,还有油漆粉刷的味道。男人说,他不久前才把墙壁刷成了这个颜色。很冷静,是吗?

三间屋子,有书房,很多很多书,有客厅,柔软的暗黄色布沙发。而卧室里有一张很大很大的床,这张床相当奇特——它是圆形的,巨大的圆形床,并且一看就知道会是很软很软,能把整个身体陷进去的。莫夕想,如果再给它配个桃红色的纱帐,从房顶一直罩下来,会变得奢华而暧昧。她显然被这张别致的床深深地吸引住了,转头问男人:

"你自己挑选了这样一张床?"

"是的。"

"它特别极了。唔——你一个人睡它吗?"莫夕并没有打探男人隐私的动机,她只是忽然想起,她的兴趣首先在于这张圆床。

"嗯,我买了它是希望心爱的女人和我一起享用,但是我现在仍旧一个人睡在上面。"

莫夕知趣地点点头:"我可以睡在上面吗?它一定很舒服很舒服。"

"你可以,"男人低头微笑地看着她,又伸出手抚摸她的头,

"呃——不过,丫头,你睡觉不流口水吧?"

莫夕很快进入了沉沉的睡眠。她睡得十分坦然和心安,她甚至不关心男人会在哪里,会看着她?会躺下来冒犯她?她觉得一切都不用担心,她感到自己安全极了。当然,这和倾诉也有很大关系,一场释放式的倾诉,就好像一次身体内部的大扫除,令身体内部变得宽松并且清洁了。此时身体好像轻了,软了,需要一场睡眠来补给。

莫夕在傍晚的时候醒来,房间里没有灯光,窗帘拉上了,蓝色在夜晚看起来瑟瑟的冷。她猛地坐起来。她环视四周,却忽然忘记了自己是在哪里。这好像已经成了她的一个病,每一次醒来都忘记了自己是在哪里。她睁大眼睛却不见日光或月光,她只看到竖立着的蓝,是波光粼粼的海面,冷飕飕的冰山还是什么。她跳起来,她觉得她又被完全紧闭的房间围困起来了。她冲下床去,开始摸墙壁,她在寻找窗户。等到她摸到了窗户的位置,她就开始撕扯窗帘,她要把外面的光放进来。女孩像疯了一样地撕扯窗帘,她咬着嘴唇,牙齿间发出一种狠狠的声音。

男人推门进来的时候,看到女孩全身都在颤抖,中了邪一般地挥动手臂撕扯着窗帘。他立刻跑过去,从后面抱住女孩,把她的两只手臂抓住,问她:

"你怎么了你怎么了?"

"索索,放我出去!求你了!索索,放我出去!"莫夕拼命摇头,大叫着。

"我带你出去,乖,我带你出去,谁也没有把你关起来!"男人搂住女孩,女孩在他的怀里踢打,而他还是紧紧地搂着她。他抓起她的手,领她出了房间,然后他带她去了另外一个房间,这个房间有阳台,他把她领出去,她就看到了夕阳,看到了郁蓝的天空和楼下来来往往的行人。她看到男人养在阳台上的小白玉鸟,看到男人种在花盆里的文竹和海棠。她立刻感到了外面的一切,属于自然的,属于市井的。令她心安。她挣扎的动作终于停止了,颤抖也渐渐缓了,她缩在他的怀里,眼泪滴在他的手背上。

男人仍在缓缓地抚着她的头,轻轻地对她说:

"没有人要把你关起来。你现在很安全,而且是自由的。你不要担心。"男人把莫夕的身体慢慢扳过来,把她的头揽进自己的怀里,缓缓地摇摆着,让她镇定下来。

女孩小声地抽泣,她的脸贴着男人的胸膛,眼泪鼻涕都粘在男人的衬衫上。但是她感到这是一种相连,这是一种依赖和不能割舍。她紧紧抓住男人的衣服,像是一只寄生的水螅一样贴着他的身体,轻轻地对自己说:

"谁也不能把我关起来。我是自由的,我是安全的。"

男人已经大致明白了。在过去很长的一段时间里,莫夕都被索索关起来了。

莫夕说,索索对她的爱随着她的成长,变得越来越强劲和猛烈,像是一根无法抵抗和摆脱的铁链,牢牢地勒住了她。她不能允许莫夕和任何男孩儿有亲密的交往,所以小悠就成为了她们之间关系恶化的导火索。

当索索察觉到莫夕对小悠那种非同一般的感情之后,她开始阻止莫夕去见小悠,阻止他们出去玩,阻止他们通信,阻止他们通电话。她用一切能够进行的阻拦来破坏他们之间的情感。她和莫夕之间开始发生频频的争执,她在怒不可遏的时候,也会伸出手去打莫夕。

"你不要轻贱,莫夕,那些男孩儿都会伤害到你!你要远离他们!"索索总是这样告诉莫夕,莫夕冷淡地看着她,有时候也会嘲弄地笑起来。索索二十多岁了,可是莫夕没有看到她和任何男子有亲密的交往。她冷漠,她说话绝情,眼神尖利并且恶狠狠的。她痛恨一切的男人,不让他们接近自己,还有莫夕。她过着修女一般的生活,觉得所有跟男人好上的姑娘都是轻贱的。

"我可不想和你一样,变成个老处女。"莫夕恨恨地反驳道。然后她就挨了索索的一个耳光。索索扳住她的手臂,把她推到索索睡觉的小房间里,反锁上门一天不让她出来。索索的房间没有光。窗帘很多很多层,并且用图钉和钉子紧密地压好了边缝,而外面的窗户也钉了厚厚的木板,所以根本无法戳破,一点阳光也射不进来。房间的墙壁有小小沙砾状磨砂颗粒,黯淡无光。床上的床单是灰色,一年四季都是灰色,她有很多套床单备用,但却是从一种灰色换到另一种灰色。她的衣柜里只有黑色和灰色的衣服。都是长长大大的袍子,没有腰身,她穿上就像一个把妖法和暗器都藏在衣服里面的女巫。索索的确很具备当女巫的天资,她是个脸色相当白的女孩,白得没有层次,所以缺乏立体感,像是从白色纸片儿上剪下来的。她的手指长而尖利,伸出来的时候,能够看到明晰的骨骼脉络,像是干枯的人体标本。莫夕觉得,索索本可以长成一个美人,少女时代的索索也正是这样的,可是不知道从什么时候开始,她渐渐走上了长成一个女巫的道路，她一径地走下去，就有了女巫应当具有的面容。这是从什么时候开始的，莫夕真的不知道吗？

莫夕每一次和索索的争执，都会被关起来几天。她挣扎过，但是索索是个力气十分大的女孩，大得完全和她瘦削的身体不相称。也许是她从小就做女工，干很多超过负荷的体力活的原因，也许就是因为她那内里已经长成了女巫的心智，也许就是上天对于柔弱无助的女子的一种恩赐，总之她是个力大无比的女子，她总是可以狠狠地抓住莫夕的双臂，把她推进密闭的房间。

然而这样的管束对于一个已经和她姐姐走上完全不同的道路，并产生难以填平的情感沟壑的女孩莫夕来说，也许只能使她变得更加激进和叛逆，只能令她们之间的姐妹之情变得越来越稀薄。莫夕变得更加依赖小悠，她用尽自己所有的时间去和他在一块儿，她暗暗地等待着这样的一天——小悠变得足够强大，成为世人仰慕的艺术家，他把莫夕带走，她跟随着她这光彩照人的丈夫离开，谁也无法阻止，因为这像是一种天意，理应如此。

她和小悠一起成长，小悠在她的眼睛里慢慢放大，他是她的青梅竹马的朋友，他是她的情人，他是她的亲人，他是她的救赎者。

她和索索的战争一直持续着，她对小悠的爱和依恋一直加剧着。唯一的一次是在她的生日，她借口说要和朋友们一起开昼夜的 party 庆祝，那一夜她和小悠在 BOX 酒吧跳舞，酒醉之后睡在酒吧的沙发上。那是第一次莫夕夜晚在外面过夜。她一直记得小悠身上的味道，她记得她的脸贴着了他的脸，呼吸来来回回地交换，那带给了她回味悠长的记忆，那可能也是一种萌动，令她十分迫切地希望他们彼此拥有,交换,分享。

那年夏天,莫夕来到了她的十八岁。她和小悠都从高中毕业,毫无悬念地升入著名的芥城大学。莫夕感到了一种蜕变,她认定自己已经完全长大了。——她在镜子前仔细端详的时候,看到那女孩已经是个齿白唇红的美人儿,身上有淡淡的花粉味道,就像花儿一样,要打开了,她轻轻地说,对着镜子笑起来。

然而莫夕还是没有讲她为什么离开了小悠。这一次她甚至没有用什么过渡的句子敷衍过去。她的叙述有很大的跳跃,接下来她立刻说到的是她和索索在柏城的生活,她去了一所非常一般的大学学习文学,平淡,乏味。而索索把新家布置得和从前的家一般无异,她自己的小房间又被封得严严实实看不到阳光。莫夕看着,就冷冷地说:

"你还打算把我关起来吗?现在还有这个必要吗?"索索不说话,她在给她的窗帘钉钉子,声音铿锵有力,莫夕想,她是魔鬼,身体里有用不尽的力气。

她们在柏城过了一段相安无事的日子,至于有多久,莫夕已经不记得了,因为日子太过平淡就会连季节和月份的标记都失去了。就像死人的心电图,反正都是一条平直的线了,还用去在意它具体的长短和形状变化吗?

她只是记得她在给小悠写信。她想用一封特别棒的信来打动小悠,让小悠立刻冲到柏城来见她,并带走她——她的脑中永远都只有这样一个灿烂美好的结局,她被小悠带走了。所以她要好好地认认真真地写好这封信。然而之所以说她对时间没了概念,也因为这些信都没有写完,都没有写到需要署日期的地步。所以自然没有回信,也就没有回信的日期。她每天只是在写开头,坐在阳台上,让充足的阳光晒着,一字一句写着,这个时候她心情不算坏,因为她觉得青春很长,信很快能够写完,那个美好的结尾很快会抵达。

在这一段忽略了长度的日子过后,小悠的死讯就抵达了。这个每天都坐在日光下写着甜蜜的信件,每天都感觉着那个"被带走"的美好结局在一点一点靠近的少女几乎疯了。她要立刻回芥城去看她的小悠。她要问他为什么不来,为什么躲起来,为什么倒下去。她要把他叫起来,她一定得把他叫起来。

可是回去却并不是一件容易的事情。她那么冲动,忽略了一直和她一起生活,看守着她的女巫。女巫拦住了她,女巫抢走了她手里握着的那些没有写完的信件。她的新建的密室终于派上用场了,她把莫夕推进去,关上了门。

此时的女孩已经濒临崩溃了。她大叫着拍打着门,撕扯着窗帘。她声嘶力竭地哭,并且在哀求。她可能从未做过如此的哀求,她一直在平等地抗争,不低头,不屈服。可是现在她屈服了,她求饶,她跪在地上,大声地叫着索索,她甚至没有叫她索索,她叫她姐姐,她不知道,这种血缘的提醒,能不能令索索骨头里的血液有一点温热起来。她跪在地板上敲打着门,哀求着:

"姐姐,小悠死了。他死了,你知道吗?我得去见他,求你了,放我出去吧,我得去把他叫起来。再不去就来不及了!放我出去吧!"

"噢,姐姐,求你了。你就答应我一次好吗?我很快就回来,回到这里,回到你身边,我不会逃走的,我只是去看看他。他死了,他死了,你知道吗?"

"小悠死了,姐姐,怎么办?怎么办?"

……

她绝食,睡在门边,醒来就拍打着门,说着越来越绝望的话。她已经没有力气恨了,无助的女孩只是想要一点安慰,想要抱着爱人的身体(或者是尸体),她只是想要这些,这最后的一点点。

"男人都是妖怪。他害得你还不够吗?死是他的报应!你绝对不能再回去!"索索在门外对她说。

一个早晨,索索听不到莫夕的哭喊声了,她轻轻打开门,女孩已经晕倒在门边了。她嘴唇发紫,脸色蜡黄,手指半握着,企图抓住什么。索索伤心地抱起她,放在床上。她抚摸着妹妹的额头,亲吻她的脸颊:

"乖,睡着了就不难受了,睡醒了就忘了。你知道的,姐姐多么爱你啊,你怎么舍得离开呢。"她轻轻地摇着可怜的女孩,不断地亲吻她,一个小时之后她才站起身来反锁上门离开。她去找医生来。

医生诊断莫夕是低血糖所以昏过去的,开始给她输液。然而医生还发现,这女孩精神受到了很大的刺激,变得紊乱而易激动。

"您是说她疯了?"索索惊异不已。

"目前还说不准,要等她醒来看情况再说。"

"不可能,这绝不可能。"索索哀伤地抱住莫夕的头。

医生一直没有离开,几个小时之后,莫夕渐渐醒来。她睁开眼睛,就看到了一丝从门外面射进来的光,她倏地坐了起来——门开着!她马上要起身冲向那扇虚掩着的门,可是却被索索按在了床上:

"你病了,快好好躺下休息。"索索的声音很温柔,好像此前什么事情也没有发生过。莫夕抬起眼睛看看她,又看了看站在床边的医生。她对着医生大声说:

"医生,我没有病,告诉她,我没有病!我要离开这里,小悠死了,小悠死了,你知道吗?"医生仔细地观察着她的表情,没有开口说话。

莫夕挣扎着拔掉手上的输液管,然后要下床来。可是索索还在按着她,死死地抓住她的手臂。那力气是莫夕无法抵抗的,尤其是在这样憔悴的时候。她失去了理智,张开嘴去咬索索的手臂,那是最用力的咬,索索一定很疼,可是她的手臂几乎没动,更不会退缩,她只是因为剧痛在颤抖,可是她绝对不会松开:

"乖妹妹,躺下去,好好睡,睡醒就好了。"索索又说。

莫夕怒视着她,又对着医生大声说:

"医生,你要救我,她不是我姐姐,她是女巫,她是要置我于死地的女巫!她把我关起来,不让我见小悠,她是最狠毒的巫婆!"医生的表情仍旧很平淡,好像没有听到这些话,只是不动声色地观察着她的表情和动作。

索索一边紧紧抓着发了狂的莫夕,一边转头对医生说:

"医生,您快给她打上镇静剂吧,我要支撑不住了!"

医生点点头,迅速从医药箱里拿出了针剂。莫夕还在挣扎,大叫,她知道镇静剂会令她失去诉说的能力,她必须让医生相信她:

"医生,求求您了,请相信我,索索是女巫!您知道吗,十六岁的时候,她把我们的爸爸推进了打开了盖子的窨井!是她害死了爸爸!

她是女巫!"

医生显然没有相信她的话,在她还嚷着的时候,就抓起她的手臂,把镇静剂打了进去。女孩渐渐闭上了眼睛,身体软了下来,她终于倒在床上睡了过去。索索慢慢松开抓着莫夕肩膀的手,她死死地盯着莫夕的脸,用很低沉的声音说:

"她的确已经疯了。"

莫夕和男人坐在舒服的圆床上,莫夕背靠着男人,慢慢地说着这些有关索索有关幽闭房间的事。在她停下来的时候,男人轻轻地起身,给她倒了一杯温水,递到她的面前。莫夕仰脸对着男人笑,问道:

"你觉得呢?我疯了没有?"她的眼底一片纯澈颜色,教人无限怜爱。男人却神色凝重,蹙着眉。他缓缓坐下来,把莫夕的头抬起来,让她靠在自己的身上,说:

"我不相信你疯了。但如果是这样,我就必须得接受你的姐姐是杀人凶手。这也是我不愿意相信的。"

莫夕嘻嘻一笑:"谁知道呢,你当我说的都是疯话也不要紧的。"

男人低头看着莫夕,她是个眼睛那么清澈的女孩。男人忽然紧紧抱住了她,喃喃地说:

"孩子。孩子。"莫夕又笑了两声——她多喜欢这男人叫她孩子,她知道他在宠着她,想要给她多一些温暖。

"后来你终于逃出来了是吗?"男人问。

"嗯,但那是很久之后的事情了。我一直被关着,每天注射镇静剂,所以身体一点力气也没有,逃出去是根本不可能的。一天里大半的时间都在睡觉。"

"后来呢?"

"终于有一天,镇静剂还没有给我打进去,外面就有人敲门,索索就把我锁起来去开门——那个时候已经是她给我打针了,医生根本就不来了。她慌着去看门,把镇静剂放在了我的床头。我当时恰好醒着,虽然力气没有多少,但是头脑还算明白。我觉得机会终于来了。我就把镇静剂里面的药剂推出来,倒在了床底下。然后我把冷在桌上的凉开水杯拿了起来,把里面的水小心地倒入针剂里,擦干净,放回原处。"

所以那一天莫夕没有注射进镇静剂。她在第二天醒来就感到有些力气了。但是她仍旧不能强行地冲出房间。但是那一天她显得十分和气,精神也不错。等到索索进来看她的时候,她忽然说:

"索索,今天是你的生日呢,我们庆祝一下吧。"她婉和的语气令索索震惊不已。索索站在那里,很久都没有动。半天她才说:

"今天不是我生日,你记错了。"可是可以看出,索索已经被感动了,她的声音很轻。

"啊!我记错了啊!哦,天哪,我竟忘记了,是下个月呢。你看我,怎么能把你的生日也忘记了呢?"莫夕大声说,一副十分气恼自己的样子。

"哦,这没有关系。你还能想起要给姐姐过生日,我就很开心了。"索索说,一向强大而坚硬的她,竟在顷刻间变得这样温柔,她的声音很低很低,像是一个小小的受了委屈的孩子。

"索索,和我一起吃饭好吗?就当给你庆祝生日。"莫夕一脸诚恳地看着她,索索连连点头。

那天索索就进来和她一起吃了午饭。索索还拿来了一瓶女士香槟。她们碰了杯子,像是亲密无间的好姐妹一样。

"有没有什么辣的作料?我胃口很好,想吃些味道重的东西。"莫夕忽然说。

"啊,有的,辣椒酱行吗?"索索问。

"行啊。"

"嗯,你等等,我去拿给你。"索索转身出去拿辣椒酱——当然,她一点也没有喝醉,她记得随手反锁上门。莫夕在她出去的时候,迅速在抽屉里找到了一小瓶安眠药,这是索索为她准备的,她总是保持困倦的状态索索才会满意。她犹豫了一下,倒出几片来放进索索的香槟里,然后她拼命地晃着酒杯,让药能够快点融化。等她把安眠药放回去之后,索索恰好回来。

索索喝下那杯酒之后,莫夕又说:"你多陪我一会儿好吗,抱着我睡觉吧。——呃,我们多久没有这样了?"索索感动不已。她过来抱着莫夕,开始亲吻她的额头和脸颊。她们相拥睡在一张窄小的床上。

药力发作,索索很快进入了沉睡中。而莫夕就是这样脱身的。她拿走了家里所有的钱、她的笔记本电脑、她的证件,等等。她坐火车离开,虽然知道芥城是最不安全的地方,然而她还是要回去。她一直做着挣扎的目的是什么,她要回到小悠那里,不是吗?

女孩套了一件简单的棉恤,一张没有血色的脸闪闪烁烁地出现在站台,很快地,她坐上了开往芥城的火车,而此时,她相信索索还在睡着。

5. 蓝色房间以及圆形大床

后面的事情男人大体就知道了。莫夕躲在山上写她和小悠的故事。她写了三个月。然后她去了BOX，看到小悠的照片，就要找出这个拍照的男人。

男人问："你很想把这本书出版了，然后送给小悠是不是？"

"当然。除此之外我还能做些什么呢？"莫夕说。

"那好，我帮你把这本书出版了。"

"什么？"莫夕愣了一下，她几乎不敢相信。

"不要忘记，我是写旅行游记的作者，和出版社很熟悉。"男人拍拍她的头，微微一笑：

"但是书从审稿到印刷，需要两个多月的时间，你不要太心急。"

"嗯，其实，我早已失去时间的概念了。"莫夕说。

接下来的一段时间，他们一起生活在这幢房子里。男人也不工作，他日日都陪着莫夕，他们每天的早晚时间都要去散步，因为莫夕喜欢户外的光和空气。他们还一起去别致的餐馆吃饭。男人已经知道莫夕的口味了，她最喜欢糯甜的红豆和冰淇淋。她还喜欢看书，男人就领她去书店，把自己看过的好书都推荐给她。男人还尤其喜欢音乐，有很多唱片。莫夕每天都听不重样的唱片，她想，那么多唱片，恐怕听好几年都听不完。男人也会做饭，只是煎蛋总是会一直煎到焦掉。他把好的部分切下来给莫夕吃，自己吃黑色的部分。他还给莫夕拍照,许许多多的照片,比莫夕过去所有时间拍的加起来都多。当然首先他要把莫夕打扮起来,给她买收紧腰身的蓬蓬纱裙,给她买花朵和亮皮子的凉鞋,给她买把头发束起来的发簪,还有水晶制的冰凉凉的项链。男人从来没有赞美过她,但是莫夕知道,男人心里一定觉得她很好看。因为他给她照相的时候,常常停下来,很仔细地对着她看一会儿。

晚上他们会并肩坐在沙发上看影碟。男人的品位很好,电影一点都不会乏味或者低俗。莫夕看着看着,困了,就会倚在男人的身上睡着。男人会抱起莫夕来,把她放到舒服的圆形床上。而男人也睡在这张床上,因为莫夕总是害怕黑暗,害怕自己又被关起来,她必须抓着男人的手才能睡着。男人有时候也会搂着她睡,轻轻地拍拍她的背。但是并无任何越轨的行为。

只是那一天,莫夕忽然又梦到了小悠。她梦到了那个一直打在她心里的心结。她被这样的梦打击得一败涂地,失去了所有的自尊。当她醒过来的时候,是一个天还没有全亮的清晨。她立刻冲动地钻进男人的怀里,双手抓住男人的睡衣。男人慢慢醒过来,猜想她又做了噩梦。于是男人伸出手,慢慢地抚着她的头。她却冷不丁地问:

"你对女人,对性一点都不感兴趣吗?"

男人很惊异,他没有想到女孩会问这样的问题,但是他还是立刻回答:

"怎么可能?"

"那你和很多女孩做过爱吗?"莫夕问,她的语气十分稚气,的确还是个孩子的模样。

"唔,年轻的时候是的。后来就没有了。"男人回答得很诚实。

"你喜欢我吗?"莫夕又冷不丁地问,她的思维永远是这样跳来跳去的,像短路的保险丝,谁也无法猜测到她的小脑袋里装着什么。

"嗯,喜欢你。"男人点点头,他并没有说谎。

"那我们做爱吧。"莫夕噌的一下,从男人怀里跳出来,一双炯炯的眼睛看着男人,一点也没有羞涩。

"……"

"不可以吗?"莫夕见男人闭口不言,又问。

"我比你大十五岁,孩子。"男人轻声说。

"那没什么。不是喜欢我的吗?"莫夕大声说。

"我不喜欢和处女做爱。"男人又说。

"谁说我是处女来着? 我跟小悠做过的。"莫夕几乎嚷了起来。好像说她是处女倒像是对她的一种侮辱。

"……是吗?"男人声音更低了。

"喜欢我就够了。"莫夕斩钉截铁地说,她再次钻到男人的怀里,并开始亲吻男人的脖颈。

男人终于抱住了她,这小小的女孩,可是他喜欢她不是吗不是吗?

男人看到了血。当一切结束的时候,男人才看到了血。他愣了一下,再看女孩的脸,女孩的脸有些苍白,脸上出了虚汗,可是她自始至终一声也没有叫。男人忽然很生气,他看着女孩,大声说:

"为什么骗我? 为什么要说自己不是处女?"

女孩侧过头去,她轻轻地说:"对不起,但我不是故意的。我一直告诉自己,小悠那次要了我。我一直这么告诉自己,说了太多遍,把自己也骗倒了,最后连我自己都相信了。小悠要了我,我不是处女了。"她闭上了眼睛。男人难过得不知该说什么,他缓缓地从床上起来,走到窗边。几分钟之后,他听见女孩小声地说——那几乎像是在梦中的呓语:

"不过,我现在的确不是了。我终于是个女人了。"她的声音听起来是这样的满足和快乐。

这正是莫夕绕过去没有说的故事。她在那一年的夏天已经长成了花一样的女孩。她对着镜子说:像花儿一样,就要打开了。然后她做了什么?她像把自己变成小悠的女人。她迫切地想要这样的飞越。不是因为她对性有所渴求,仅仅是因为小悠。她太爱他了,所以她要把自己变成隶属于他的。

谁也说不清她为什么选在那天。她的确拥有足够的勇气,甚至可以不在意彻夜不归索索将会如何处置她。在莫夕看来,这件事情非常的大,而它的发生,能够解决一切问题,能够战胜一切阻碍的力量。

于是在那个周末的夜晚,莫夕一直跟随着小悠。他们去郊外写生,一直逗留到很晚。于是莫夕建议,他们就在郊外寄宿一晚,明天再回去。小悠欣然同意了。于是他们找到了一个坐落在郊外的小旅店。两个人同住一间,这在他们看来也不是什么异常的事情。他们在一起太多年,彼此熟悉得没有任何礼教和规矩。

他们在那间小房间里洗澡,抽烟,聊天,一直到下半夜才决定上床睡觉。他们并排躺在了那张大床上。甚至还牵着手。就在小悠就要睡着的时候，莫夕忽然说：

"小悠，你过来。"

小悠亦没有觉得有什么异常，他就侧过身来，靠近莫夕。他这时候听到了一个少女焦灼不安的喘息声。他听见女孩说：

"小悠，你要我吧。"

男孩惊了一下，他感到女孩已经拿起了他的手，放在她起伏不定的胸前。他的手没有动。很久，没有离开也没有移动。那段时间像是完全静止了，呼吸也掐断了，死寂寂的。忽然，莫夕感到男孩把手抽了回去，并听到他说：

"小夕，这样不行。"

"你指什么？"

"我一直把你当好朋友的。而且，而且……我……我好像对女孩儿的身体没有什么强烈的欲望。"小悠说，他已经站了起来，径直走去洗手间。莫夕看到他的背影，瘦弱的男孩，窄窄的肩膀，腿是精瘦的，他很快地走进了洗手间并关上了门。女孩错愕地愣在那里。她好像从来没有受过这样的打击——或者说，是一种耻辱。她感到了极度的羞耻，甚至在这样的时刻，她脑中忽然跳出了索索常骂她的那两个字："轻贱"。

还真的，果然是这样。

莫夕记不得那天她是怎么回家的了。总之一定很狼狈，她推开家门就看到索索坐在客厅的桌子旁边等着她。

"你彻夜不归,去哪里了?"女巫开始审问了。

"你管不着。"莫夕说,她已经没有太多的力气和索索废话了。

"你是不是和那个小悠在一起?"

"是啊是啊,怎么样呢?"

"你跟他都做了什么?"索索气得浑身发抖,她气急败坏地摇着莫夕的肩膀,大声吼道。

"什么都做了,你满意了吧。"莫夕说,她并非完全为了气索索,在她的心里,被拒绝是一种耻辱,她情愿擦拭掉这样的耻辱,哪怕做一个不洁的人。所以她希望一切真的发生了。

"贱人!"索索狠狠地一个耳光抽在莫夕的脸上,而自己也哭了出来。她对莫夕的那种看护,是不允许任何人碰她一个指头的。尤其是男人,在她看来,男人是一种多么脏的东西啊!

索索忽然软了下来,她缓缓地坐下来,哭泣。她好像从来没有哭得这样伤心过,即便是她们的妈妈死去的时候,她也不曾哭成这样。

那个早晨,莫夕站在客厅的中央,她惊愕地看着她姐姐掩面痛哭。这个钢铁一样坚硬、刀枪不入的女人,哭得竟是那么伤心。她恍恍地觉得,一切都是这样的紊乱和粗糙。没有什么,能够让心安静,让爱稳妥。她静静地走进自己的房间,从床上躺下来。

黄昏的时候,索索才忽然推门进来:

"我去找他算账去了!"

莫夕立刻从床上坐起来:

"你疯了吗?你去找他做什么?你对他说了什么?"

"我教训了他,让他以后再也不敢碰你!"索索大声说。

"他说了什么,他有没有说什么……"莫夕脸色有些苍白,她想,可能这个大耻辱已经被揭发了,可能小悠会说,根本没有碰过她。小悠可能再也不会原谅这个诬陷他的女人了。

"他能说什么?他知道理亏,什么也不会说的。"索索气咻咻地说。

"他什么也没说……"莫夕喃喃地重复着,"那么,他是不是很生气?"

"他生气?他凭什么生气?他有什么脸来生气呢?"索索反问道。

"你打了他是吗,可是他一句话也没说……你把他打伤了是吗?"莫夕痛苦地摇着头,小声说,她感到一阵心绞。

而索索已经摔门走了出去。

莫夕痛哭起来,她想,小悠也许再也不会原谅她了,她是诬陷他的恶毒女子。他一定很恨她。

第二天,索索走进莫夕的房间,脸上几乎没有表情地说:"我们必须搬走,离开这个城市。今天就走。"

莫夕抬起头,木然地看着索索的嘴唇在那里动,像一个凶狠又滑稽的木偶,可是她已经听不到她到底说了些什么。

她们后来去了柏城。莫夕之所以没有竭力地抗争着要回到芥城,是因为她觉得自己没有脸再去面对小悠了。也许只有写信,是的,写信才是最后的方式,让小悠原谅她并来看望她,然后,然后带走她——带走她?这个梦是不是太遥远了些呢?

"这是我的最后一段故事,好了,现在我在你的面前是透明的了。"莫夕对男人说。男人无比心疼地看着她:

"还在疼吗?"

"已经不了。"莫夕说。

男人探身过去,开始亲吻她的嘴唇。他还没有好好地吻过她。她也从未被一个男人这样吻过。那么的长久,让人把脑子里的东西都忘记了,摒弃了,她只是觉得洁白、轻盈、柔软。像是睡在了云端。男人轻轻地含着她的嘴唇,像是衔着一枚最宝贵的珍珠。

男人再度和她做爱,他是小心的,轻柔的,他轻轻地亲吻她的身体,从头到脚,仿佛技艺精湛的工匠在雕琢一件完美无瑕的工艺品。他甚至亲吻她的脚趾,把她的脚趾轻轻地含在嘴里。多么舒服,痒痒的,像是被清澈的温泉水浸着,那冰凉的脚趾很快就热了起来,莫夕猜测她的脚趾头肯定变红了,好像男人给它们说着悄悄话,它们都脸红了,变得烫烫的。女孩于是咯咯地笑出声来。而他喜欢她笑,她还是个孩子,她令他心疼,令他想要用尽力气去呵护她。他是在那么小心地要她,生怕把她弄碎了,碰坏了。

这可能是莫夕这么多年来过得最奢侈的几天。在能看到阳光的天蓝色房间里,在像蓬松的云海一样的圆形大床上,被一个那么疼爱自己、喜欢自己的男人抱着。他的每一个动作都说明了他对她的爱,小心翼翼的,无微不至的爱。

她甚至喜欢上了撒娇。她从来没有对任何人撒娇,她不知道这也是可以的。她喜欢叫男人抱着她,抱着她去客厅看电视,抱着她去浴室洗澡,抱着她下楼散步。她则用两只手臂环住男人的脖子,脸贴在他的额头上。

"我是吸在你身上的水蛭。你别想甩掉我。"女孩说,狡黠地笑起来。

但是不久男人就要去旅行了。他必须工作,不然又怎么养活莫夕和自己呢?旅行就是他的工作,他需要拍照,写游记,采访路途中遇到的有趣的人。

"你要跟我去吗?或者你留在这里等我回来。"男人问莫夕。

"当然是跟你一起去,你到哪里,我就到哪里。"莫夕噘起嘴巴说。

"那么好吧,我们去旅行,回来的时候,大概你那本写给小悠的书也面世了。"

"啊!是真的吗?那太好了!"莫夕跳起来,拍拍男人的肩膀。

莫夕想了想,又问:"我能还住在这里吗?"

"当然,这里也是你的家了。"

"真的吗?"莫夕眨眨眼睛问。

"真的。"

"那么,那么我要把这间屋子刷成粉红色,再买个粉红色的纱帐,铺粉红色的床罩,你想想看哪,该是多么奢靡的样子啊!"莫夕脸上带着灿烂若星辰的光彩,她兴奋地大叫。

"行啊,那就粉红色。"男人说。

6. 夜房间以及男人的脸

他们坐船离开。这还是莫夕第一次坐船远行,她偎在男人的怀里,看着窗外的风景,睁大了眼睛仔细地看着大海和远处的小船。莫夕对男人说:

"我的故事都给你讲完了,以后该你给我讲故事了。"

"行啊,我每天都讲故事哄你睡觉。我的故事可多着呢。"男人搂着莫夕慢慢地摇动。

"我爱上你了。怎么办?我也爱小悠,我从前以为我只能爱他,再也不能爱别人了。可是现在我在爱你了。"莫夕轻轻地说。

"孩子,你还没长大呢。"男人沉默了一会儿,说。

"不,我很确定。你呢?你爱我吗?"莫夕坚定地说,又小心地问。

"我觉得你是我特别心疼的孩子,总想抱着你,给你呵护。我喜欢你,孩子,我也在乎你。"男人说,但是他还是没有说出爱这个字。

"嗯,没关系,迟早有一天你也会对我说,你爱上我了的。"莫夕十分肯定地点点头。

坐船在海上漂泊多日,莫夕开始晕船。她变得昏昏欲睡。躺在男人的怀里,醒来的时候就轻声撒娇,又抬起手抓抓男人的衣服。男人就俯下身去吻她,像是在安慰她。她就立刻变得很乖,安静地又睡过去。后来的一觉莫夕睡得格外的长。她做了很多的梦。她梦见男人抱着她爬楼梯,她梦见男人圆圆的鼻子顶在她的鼻子上,她梦见男人一直在亲吻她的脚趾，像是古代的礼仪，她是他的公主，他捧在手心的小公主。梦就像一个又一个的洞穴，她接连着穿过，只听得见呼呼的风声，又仿佛是上了列车，在疾驰而过。她在梦里就笑了，她想，会不会醒来就是好几年过去了，她已经有了他的孩子呢？小小的娇美的小婴孩。

莫夕醒过来的时候，嘴边挂着意犹未尽的微笑。她慢慢睁开眼睛——不摇晃了，他们下船了吗？

她睁大眼睛，坐起来——这是哪里？她再次忘记了她在哪里。

她环视周围，顷刻间，她的脸色变得苍白，她开始全身颤抖，牙齿发出咯咯的声音。这里她再熟悉不过了。这里没有阳光和新鲜的空气，这里只有土黄色窗帘和灰色床单。这里只有镇静剂和安眠药，这里曾关住了多少她的眼泪和呐喊？这是索索关着她的房间，她再熟悉不过了。一点都没有变，一样的黑暗，带着一股药味，时刻提醒着她，她是个要定时注射镇静剂的疯子。

她慢慢走下地来，她想，这是怎么了，这是怎么了，难道关于那个疼爱她的男人的一切，都是幻觉吗？那是一场梦吗？不，这绝对不可能，她还记得他的吻，像最甜美的葡萄一样，湿润着她干涸的嘴唇。她还记得他的拥抱，她记得他迭声唤她：孩子，孩子。她记得他们做爱，她疼过，但此后再也没有一丝疼痛。因为他那么小心，他看着她的表情，倾听着她的呼吸，他每时每刻都要确知，她是快乐的。这一切又怎么会是一个谎一场梦呢？

她扑向窗帘，她又开始撕扯窗帘，她想她需要一点阳光，需要一点真实的光线，照在她的身上，让她清醒些，让她知道为什么她又回到了这里。窗帘显然没有再次钉过,很多钉子和图钉都散落了。她撕扯了一会儿,就摸到了铁棂和玻璃。光线开始进来了,露出了半边窗户。可是外面还钉着木板,她仍是看不见外面的光景。她用手拍打玻璃,甚至想把它敲碎。然而这个时候,她忽然听到,外面有人在撬木板——什么人在帮她?她听到有人把木板上的钉子一颗一颗钳下来。终于,木板滑落下去了,只隔着一扇玻璃了,她就看到了男人的脸。首先她可以确知了,一切并不是一场梦,男人是真实存在的,而她和男人间的缠绵也的确发生过。可是这值得高兴吗?这说明了什么?

莫夕拼命摇头,她感到自己又来到了崩溃的边缘。她不能相信,是这个她爱上的男人把她再次带回了这里。她双手握住铁棂,拼命地摇头。直到她再次听到男人叫她:

"孩子,孩子……"男人仍旧那么轻柔地唤着她。她愣住了,停了下来。她已经满脸是泪。她抬起充满怨怒的眼睛,直直地看着男人的眼睛。她忽然变得十分安静,哀怨地问:

"告诉我,为什么要骗我,一切都是预谋好的是吗?从把小悠的照片放在酒吧引我上钩就是了,对不对?"她的嗓子已经哑了,仇恨总能很快就把人烧干。

"是的。"男人说,他的眼睛很红,声音很低。

"为什么?你为什么要帮我姐姐来抓我?"莫夕大声叫道。

"因为我一直爱她,孩子。"男人坦诚地说。莫夕站在那里一动不动了。原来如此,他爱索索,却终是无法得到她,最后沦为了她的奴隶,任她呼来唤去。莫夕忽然笑了——她觉得男人多可笑,任凭

巫女的摆布,早已失去了自己的灵魂。多可悲的男人呢。她就嘿嘿地笑了,然后把脸贴在玻璃上,轻声地、一字一句地问:

"那么,跟我上床也是她安排好的吗?"莫夕狡黠地眨眨眼睛。她看到了男人的痛苦,男人的确身受着很大的折磨,他摇头:

"不,那不是。我犯了规。我自己也不会原谅我自己。"

"那你为什么犯规?"莫夕追问。

"孩子,我确实喜欢你。和你在一起我觉得生活简单美妙,什么烦心的事情都不再记得了。"男人终于抬起头,看着女孩的眼睛说。

莫夕微笑着,点点头,然后她勾勾一根手指,示意让男人靠近。男人就把脸贴在了外面的玻璃上。莫夕小声说:

"嗯,我知道的,你是喜欢我的。听我说,你现在就绕到前面去,把我姐姐干掉,然后我就可以出去了,你可以把我带走,我们一起,去哪儿都行。"

男人看着女孩的脸,还是那张淡淡粉红色的刚刚长成的少女的脸。嘴唇厚厚的,像水蜜桃,——他记得它的芬芳,他一辈子都记得。还有那软软的娇弱的身体,他总是会记得,这女孩多么令他怜爱。可是他摇了摇头:

"不可能,这不可能的。我绝对不会这样做。"

莫夕骤然变了脸色,她变得凶狠、愤怒,她咬着牙齿低吼:

"难道你就甘心被她这样利用吗?她一点都不爱你!"

男人痛苦地闭上眼睛:"可是现在你也在利用我,不是吗?我再也不想这样了,夹在你们两姐妹中间,像是你们搏斗的一件兵器。我再也不想这样了。"男人把脸贴在玻璃上,流出了眼泪。莫夕隔着玻璃,很清楚地看到了男人凹凸不平的脸上划过两道清澈的眼泪。他紧闭眼睛,像个少年一样无助地摇头。

莫夕凑过去轻轻地说:"可我是爱你的,你知道吗?"

"可我是爱你的,你知道吗?"

"我多爱你你知道吗,我喜欢你亲吻我的脚趾头,喜欢你叫我孩子……"女孩像是念咒语一般絮絮不止地说着,男人隔着玻璃,紧闭着眼睛,连连点头。

莫夕对男人的痛苦很满意。她伸出手臂,握起拳头,冲着男人脸前的那块玻璃就打过去。玻璃哗啦啦地碎了,而后面的男人根本没有躲,他也许看到了,可是他没有躲,也可能,他早已被女孩那宛如魔咒般的话催眠了。总之,玻璃全部向着他的脸戳过去,有的戳到了眼皮上,有的戳到了鼻子上,还有的就沿着那行泪迹,斜插进了皮肤里。男人向后仰身倒下了。他在最后有一声很轻很轻的叹息。

女孩灿若桃花的笑容迎着温暖的阳光绽放着,像花儿一样,打开了,她微笑着,轻轻地说。她忽然侧耳去听,隔着房间紧锁着的门,她听到了外面的脚步声。索索正经过。

"索索真是个傻姑娘,"莫夕轻轻对自己说,露出得意的笑容,"她肯定在忙着杀死阳光,她想把所有暖的热的好的东西都赶尽杀绝,不让我看到,可是她多么傻啊,阳光已经射进来了,照得我全身都是,不是吗?"

她懒洋洋地抬起脚,放在窗台上,让充裕的阳光好好地晒晒她的脚趾头。那感觉似曾相识,就好像,就好像被温暖的嘴巴含住了,女孩想。

宿水城的鬼事

1

宿水城一直流传着无头鬼妃的传说,那也许是个并不高明的故事,不过城门口说书的盲老人数十年都说着这一个故事,动辄还扯上身后的城楼,以及城东边那块叫做东市的地方,所以总还是有人停下步子,往盲老人身前的小铜盆里丢进一块半块的铜币,乐呵呵地听到天大暗下来才意犹未尽地回家去:

那日皇帝终于发现了这天大的秘密,原来他最宠爱的爱妾竟是个女鬼。那夜他腹痛,半夜醒来,迷蒙中发现睡在他旁边的爱妾没有与他并排躺着,而是整个身子都缩在被子里。

皇帝心道爱妾定是做了噩梦,他揭开那锦丝被却见被中裹着一个无头女子的身体,从脖子处断开,上面是一个平滑的肉身截面,毫无伤口,也无鲜血流淌。皇帝当下大惊,面无血色,一骨碌跌下床来,嘴里大叫:"来人啊,来人啊!"

三更天的福和殿里已经聚满了人。丫环、大臣、太监、御医,还有来看热闹的别宫妃子。人多了大家倒也胆子大起来,皇帝命人把这女子的身体放在殿中央,年迈的御医哆哆嗦嗦地走上前去给那个女子号了号脉,禀报说与一般女子并无异常。众人只见这女子除了无头之外,宛然是一熟睡中的寻常女子:时而翻身、侧身,时而蜷曲双腿,甚至左手给右手抓痒。满屋子人都看得屏息吸气,目瞪口呆。皇帝的六岁小儿子胆大过人,他冲到那女子旁边,伸出手,碰了碰那缺失头颅的脖颈,大声说:"这里也是热的!"他奶妈吓得魂飞魄散,连忙把他抓回来,众人也都心惊胆战。这时皇帝忽地回过神来,大声宣旨道:"快,快,快,快把莲花观的大法师请来!"

大法师果真是大法师,他拨开围观的人群,来到殿中央,看见这无头女子,微微一蹙眉,目不转睛地盯着这女子,掐指算了片刻,便领会了天意般地微微颔首。他转头对皇帝说:"陛下,这只是区区一女鬼而已,陛下不必担心。"皇帝连连发抖,退后几步,颤声道:"她,她可是来谋害寡人?这可如何是好?这可如何是好!"道士回身轻瞥了一眼那女鬼,转身向黄帝回报:"这女鬼似乎并无谋害陛下之意,如若是,陛下又安能平安至今呢?但是当下之计还是除去女鬼为妙,趁她还未成大气候。"

皇帝忙问:"如何除去这女鬼呢?"

道士微微一笑:"很简单,只需口径大些的一只碟子而已。"

皇帝忙传御膳房送来顶顶结实的大碟子一只。道士接过碟子,用袖子擦拭了一下,然后把碟子反扣在那女子和头颅相连的脖颈处,然后道士命自己带来的两个道童一左一右用那碟子压住女鬼的脖颈。

道士又说:"陛下,您只需多遣几个人与我这徒儿交替,二十四个时辰之内令碟子莫要离开这女鬼的脖颈,她的头飞回来时便不能重新长上,二十四个时辰内身首异处,这女鬼的头便再也不能复原上去,头和身体也就分别死去了。"

皇帝大喜,连忙加派了人手,众人也都转为喜色,称这莲花观的道士果然是得道的大法师。

2

听过这鬼故事的人都说,这故事长久不衰的原因正在于,那讲故事的盲老人大约是为了制造可怖的气氛,他讲到这里总是戛然而止,煞有介事地说:剩下的事儿啊,便不是我能讲得出来的啦,你们且闭上眼睛,安静地沉着心,那冤屈的女鬼自会幽幽地走出来和你说她那故事。你原本是不相信他这可笑的说法,可是当你闭起眼睛来的时候,当真能看见树梢动起来,一黑发背影挂在树梢上,身体可隐可没:

我通常是在二更时分离开。在这个时刻,我会自动醒来,眼睛熠熠生辉,身体里的每个细胞都像一颗泡熟的米一样得到新生的芬芳。我左边的男人睡得正熟,我把压在他的身子下面的手臂拽出来,然后用两只手臂抱住头,用力向上一拔,头和身体就没有任何痛感地分开了。最令我得意的是,我的身体和头部之间宛如有一个极有效力的吸盘,所以即使它们彼此分开了,也都有着赏心悦目的光滑截面,决然不会有任何伤口,血也不会留出一滴。我通常都把身体留下继续睡觉,只带头出去。它很轻,带着缎带般顺滑的黑发,可以在空中飞,像个施了魔法专去蛊惑人的风筝。

我无比雀跃的心情总是不能使我的头颅飞得平稳。我的头颅上下颠簸,还曾将缠绵的发丝扯在了树梢上。可是我不会疼,我不会疼是因为我深知我前世的疼痛全部聚集在了我的身体上,它千疮百孔抑或带着不可思议的臭气,此刻都和我无关,我只需要和我的头颅在一起,它不仅干净而且早已将所有深埋痛感的神经抽去,它总是像一个美好的垃圾处理器一样把我一遍又一遍提起来的记忆按下去,捣碎,再销毁。

有关夜晚的行迹我并没有讳莫如深。我喜欢说,和鸟也说,和树也说,和虫子也说。当我那颗跳跃的头颅穿过树林的时候,经常会有年迈的鸟责备我:

"哟,这样就跑出来,要做什么去,吓死人呀?"

"我只是看看我丈夫呀,别人我才懒得去吓,你们不要多事吧!"我翘翘嘴巴,大声反驳回去,然后就继续目不斜视地向东市飞去。我不管了我不管了,我只要去东市看丈夫,每一个二更天我都得去。

从这个角度你就能看到,月桂树的这条靠近窗棂的树枝几乎是水平横亘在这里,它宽阔而平滑。我的头颅一跃而上,停在了这根树丫上,摇摆几下就安顿了下来。每个夜晚,我都在这里度过。这是一间失修的旧茅屋,三十年前吊死过一个委屈绝望的女子,四周都氤氲着一种鬼们喜欢的冷飕飕的腥味,我吸气的时候就觉得爽心,况且,这里还住着我最心爱的男人,我真的没有理由不喜欢这里。然而面对这寥落荒凉的东市荒郊,我又不得不想起我丈夫的这一生是多么贫苦。

在我停的这棵树上,能够清晰地看进房间里。这窗子原本糊了厚厚的一层白纸,可是上个春天来的狂风已经把它们吹开了,它们也只好彼此拉扯着像过季的蝴蝶一样,仍在耿耿于怀地扇动着它们那白色的翅膀。

我丈夫是个二十岁的青年男子,他穿着青色的衫子坐在面向着窗台的书桌前,他铺开一张别人用过的废旧宣纸,找到空白角开始写文章。毛笔在这个多风沙的春天总是很干涩,他不断地不断地蘸墨水。可是砚台也几乎是干涸的,他没有一个女人给他研墨,小童也没有一个。

我不懂得他读什么书,写了些什么。我只是喜欢这么看着他:他读书,他写字,他从包裹的布口袋里取出半块冷掉的饼。如果是很冷的天,他就再掏出一件长衫套上,这件显然不比里面那件体面,上面已经有了蛀虫咬破的洞。

我在四更天的时候要离开,这是他开始昏昏欲睡的时间,我看见他站起来,欠了欠身,吹灭灯,整个人重重地扑倒在床上。我叹了口气,重新飞起来,绕道到院子的后面,这里有个荒废的马厩,里面全是从前住家留下的破席子,马鞍和结成把的干柴、杂草。马厩上方的顶子已经被风卷去了大半,我停在残缺的顶盖上转动几下头颅,把我盘结的头发左右甩起来,让它散开,全部滑落下去。

这之后我就返回皇宫。酣睡的男人在左边,我把手臂重新塞到男人那肥厚的身体下面。

我对末日的到来并没有过度恐慌,可它还是令我猝不及防。我以为这就是一个寻常夜晚,我去看了爱人就回。然而就在我停留在树杈上观望我的丈夫的时候,我忽然感觉到一种被压住的窒息感。我能感知到这来自于我那搁置在皇宫里的身体。是什么冷冰冰的器物压住了我的脖子。我用鬼的凝气在心里头点燃一盏灯,我顺着灯可以看见千里之外:福和殿的中央聚满了人,皇帝,嫔妃,还有那些到现在我都叫不全名字的小孩。我轻轻用目光拨开人群,终于看到我的身体就躺在大殿正中富丽堂皇的灯饰下面。它被紧紧地绑在了一张木质长桌上,我的手臂被两个彪壮的侍卫紧紧按住,他们的另一只手抓着一只陶瓷盘子,那盘子死死地抵在我的脖子上。是了,正是这东西使我几近窒息。我微微眯眯起眼睛,让所有大殿里的闹剧都变成一颗落在我睫毛上的尘埃。

我只是,我只是在委屈我的身体,它总是在受欺辱,最后连我也嫌弃它。

前世我的身体被一些混蛋糟蹋,我多么厌恶它,所以当我死去,我的头颅离开我的身体的时候,我甚至感到了一种隐隐而来的快感,我想它们终于分开了,干净的归入干净的,肮脏的留在肮脏里。

我知道是一个道士要害死我,这的确很简单。二十四个时辰里,我的头回不到身体上,就会衰竭而死。然而他也没有什么错,他的莲花观已经荒凉很久,相信我的死可以重新使他的道观兴旺起来,也算我的功德一桩。

我还在那树杈上,我丈夫就在近在咫尺的房子里。我想我顾不了那么许多了,我得跳出来,把一些话告诉他。我就这样飞了下去,这是我在多少个梦里想象过的情景,我终于飞下了那棵树,第一次得以平视我的丈夫。

我贴着窗台看他,他很高大,肩膀宽阔,眉毛特别浓密,嘴唇也是极其饱满的那种。这些,都和我前世遇见的他很不同。唯一不变的是他宽阔的眉宇之间有一种祥和之气,那总能把我重新吸引回去,不管我走出多远。

这时候他眼角的余光已经看见了我,他显然吓坏了,手里的毛笔一震,一团浓墨落在了白花花的宣纸上。我心疼极了,那是我第一次见他用全新的纸写字,上面也都是规规矩矩的一排又一排,每个字都应该是他的心血。我暗自怪自己还是出来得太唐突。

"你莫怕,我并无恶意,更加不会伤害你。"我这样对他说,心下觉得好笑,这仿佛是每一个女鬼都要对男子们说的开场白。

"你,你是鬼吗?"他颤声道,呆呆地看着这一颗女子的头颅站在窗台上。

"我现在是鬼了,不过我前世是你的妻子。"我想我得快点说完这些,我不知道他需要多少时间来接受下这个现实,我所剩的生命还能不能等到这男子再对我亲昵起来。

他怔怔地看着我,又一团墨滴在了宣纸上。

我说:"我前世是你恩爱的妻子。可是前世我死去的时候身首异处,所以不能再投胎做人。可我仍常常惦念你,所以总也伴着你。"

他想了一下,壮起胆子问:"你怎地死去得这么凄惨呢?"

"你去京城考试就再也没有回来。镇上人欺负我,我就放了毒药去害他们。被知府大人施了那铡刀的刑。"

他愣了一下,低声说:"那我也太忘恩负义了,而你,也太狠毒了。"

我也愣了一下,但我不去理会他的话,继而笑起来,说道:

"这倒也是我的报应,那时我爹爹决意不许我嫁你,说你不是厚道之人,我日后定会悔恨。他把我关在家里,逼我发毒誓。可是我还是跳窗跑去找了你,跟着你跑了。"我顿了顿,又说:"你可知我那誓言如何说的?"

他摇了摇头。

"爹爹,我若日后跟那王公子成亲,死后必身首异处,永不得安宁。"我说完看了看他苍白的脸,就又笑起来。

他有些感伤地看着我。他充满恐惧的脸上迅速闪过一丝怜恤。我就是喜欢他这样温情的表情,我记得前世的时候我很痴,看见他的温情的脸孔就忘记了发过的誓言,还有受过的委屈。

我叹了口气,心下觉得也没什么再可怨的了,只是但愿他以后能过得富足也便罢了。于是我说:"你跟我来。"

我悬在空中飞了一段,在马厩那里停了下来等着他。他迟疑地走过来。我吸了口气,把目光从他破烂的鞋子上移开,然后说道:"你把这马厩打开,把里面的席子和草都抱出来。"

他照做了。他花了好一会儿,才把那些杂物都抱出来,这时整个院子里尘土飞扬,但他还是已经能看到,在那马厩的最里面,有金灿灿的一片。他赶快低下身子钻进去。我在他的身后,不能看到他吃惊的表情,可是我能感觉到他的全身都在一种无法抑制的喜悦下震颤——他看见的是无数珍珠簪花、钻石钗子,每一件都是价值连城的宝贝。

他狂喜,回身对我说:"这些是你给我的吗,这些都是你给我的吗?"

我说:"你用他们通络一下各级的昏庸考官,凭你的才学,一定能中状元。这不是你一直渴求的吗?"

他喜极而泣。

我忽然哀伤地看着他,说道:"你若是真心感激我,可否答应我一件事?"

看见他连连点头,我才说道:"你能否去宫殿后面的坟场把我的尸身找到,然后把我的头和身体埋在一起。并且,你要在墓碑上写上亡妻之墓,永远承认我是你的妻子,这样阎王便知我并非无名尸首,我即可再投胎做人,他日我们便能再做夫妻也说不定。"

他点点头。

我说:"你要记得我违背了誓言的下场。"

3

这时候盲老人看看你,微微一笑,哑然道:"那无头女鬼的事情你都知道了吧。"然后他叹了一口气,侧着头,藏满玄机的點笑使你知道,肯定还有下文。可是你须再多添几枚铜板才能听到后面的故事:

话说皇帝在除去那女鬼之后,很久都心中悸然,有大臣献计:三公主已到婚配年龄,何不借给公主招婿这件喜事冲去宫中的鬼气?皇帝当下心开,昭告天下,次月初五便在城楼上举行抛绣球招驸马,凡无妻室的男子都可参加。

后面的事,被这瞎子老人说得就更加离奇了:据说招亲那天的场面异常热闹。全城的未婚男子都来一睹三公主芳容,也想试试自己有没有皇室富贵的命。三公主果然没有使大家失望,出落得是倾国倾城,比她两个姐姐还要出色。很多已婚男子都暗暗后悔自己结亲太早,不然今天可以试上一试。

后来接到三公主绣球的人据说是个年轻的秀才,长得眉清目秀,穿的也是锦缎斜织,绣着丝边的长袍,一举手,一投足,都能看出他不凡的气度,正是天生的状元相。人们都传那公主看清接绣球的人时,当即掩面而笑,她定是心中暗暗感激上苍赐了个如意郎君给她。而那俊面书生亦是大喜,他被欢呼的人群推着一直到了城楼跟前。

正在皇帝要命人打开城门,迎接新驸马的时候,围绕着新驸马的众人忽然惊呼,纷纷逃散。公主俯身看下来,也惨然大叫,轻衣飘飘地从城楼上跌落下来,香消玉殒了。新驸马愕然。他低头一看,但见手中那一团,哪里是朱红锦缎的绣球啊,那沉甸甸的,正是一颗头发散落、表情甚是哀伤的女人头。

谁杀死了五月

1

她记得街角就是他的摄影工作室。招牌的颜色是深红,和它所在的小弄堂里裸露在外面的红砖墙颜色十分相近。可是它却一点也不会令人觉得太寻常或者不起眼,至少她是第一次走过这里的时候就看到了。上面有用粗麻草编的字:三卓摄影工作室。三卓应该是摄影师的名字,她想。后来她离开的时候,就把自己的名字刻在了他的名字下面。她用带小钩子的铁丝刻的,小得像是三只蚂蚁,大概除了她谁也不会注意到。那天是一个清早,她刻完名字就背向小弄堂和他的摄影工作室走去。她穿着白色肥大的麻质宽腰身衣服,走起来摇摇摆摆,就像是秋天的黄叶在飞舞。

2

她是五月里来到小镇的。小镇在江南,梅雨正是繁盛。她感到雨水是薄薄的一层又一层地把她裹起来的,像是给她打上冰冷冷的石膏,令她不能动弹。于是她就停在了最先到达的一个小旅店门口,决定就在这里投宿。她把大背包放进顶楼的小房间之后,就坐在三四楼间的木头台阶上抽烟,因为房间里一直关闭了窗,有一阵潮霉的味道。而她坐在楼梯上,对着窗,就能看到外面蒙蒙的小雨和搭了雨棚的小摊铺。这里不再是她的北方,不再是她的街道宽敞建筑物高大的北方城市。哦,姑娘,这就是你梦寐以求的生活了吗?她叹了口气,轻轻问自己,然后她慢慢把压出许多皱褶的纱裙顺好,又从随身小包里拿出一支口红,对着镜子涂好,粉红颜色正配她轻轻的年纪。最后,她给自己点上一支细细的香烟。她渐渐才开始有点喜悦和欣慰,女作家的生活,就应该是这样,她告诉自己。

说女孩是个作家一定没有人相信。她只有十九岁,人又生得很瘦小,穿着立领的黑色绣花衬衫和水红色纱质长裙,脚上的凉鞋——或者说是拖鞋,是深红色的平底的,很简单。头发是长直的,没有任何冗繁的饰物。她的样子就像一个有些喜欢打扮自己的女中学生。当然从外表看她肯定是个惹人喜欢的女学生,肤色凝白,眼睛出奇地大。她怎么会有一双这样大的眼睛呢?像小鹿的眼睛一样,是杏核形状的,所以她的眼神里总是透露着一种忧伤和哀绝,使人想要走近了给她抚慰。

不过她的确已经是女作家了。如果从她第一次发表作品的十四岁算起,那么在过去的五年里,她都在写作。她生在一个书香门第的好家庭,她在生活上几乎没有遇到过什么挫折。因着从小迷恋文学,所有一直喜欢读书写文章,这似乎也来得理所应当。直到她读了高中之后,好像忽然发现了文学深处的桃花源,闻到了一种最纯致的气味,她深信那是文学本身的气味。于是她发现自己过去写的东西都像是在一个小的紧口蒸汽瓶里升腾出来的气体,它们是人为的,刻意的,如果你愿意,这样的动作你可以重复千百次,而每次制成的气体成分相差无几。然而真正的文学是你走远了走得忘我了忽然伸出手去抓过来的气体,那是流动的,属于大自然的,其他的任何一个都不会和它雷同。所以她想要中止学业,离开这个城市,去自由的地方,抓住和她有缘分的那些气体。

她的决定当然令她的父母不安极了。他们交替着和她谈话,给她讲继续念书的重要性。她已经长成一个冷漠矜傲的大女孩——这也许就是她最早体现出来的女作家气质。她抬起自己那双奇特的大眼睛看着他们,冷漠得好像从此再也不认识他们了。十八岁这一年,她出版了自己的第一本小说集子,这其中有很多她父母的帮助,因为他们都希望这本书能够给女孩一些底气,让她稳固下来。——她刚刚升入大学,至少应该把它念完。小说集子的确一度是她的精神支柱,她为它的每一个细节而忙碌——封面的颜色,插在中间的淡水粉画彩页,她放进书里的照片,书的开本,所有纸张……几个月之后,她终于有了自己的第一本书,蓝色,有她喜欢的向日葵。她不曾想,这本书后来带给了她那么多的东西。好像就在忽然间,她变得有名气,许许多多年轻人给她写信,并在各种场合说,他们喜欢她的文字。出名并没有令她变成个不知天高地厚的家伙,相反地,她竟然变得很恐慌。因为她很珍惜他们对她的喜爱,越是珍惜她就越害怕失去,她想要抓住那些他们给予的爱,可是她恍恍地发现,根本无法抓住,除了她一直写,并且越来越好。她把自己关在房间里开始没日没夜地写,但是她好像忽然失去了表述的能力。她写出来的永远是只言片语的碎片,她讲不清楚事情的前因后果,并且她的小说里的人物开始变得神经质,思维混乱,不断地毫无缘由地做出错误的选择。那年寒假她一直躲在小房间里,变成了一个面色苍白头发蓬乱的姑娘,她把两只手放在两腿之间拼命地搓,因为她就要冻僵了。她终于知道,在这里,她再也写不出东西来了,她必须离开。看着窗外她轻轻地说:就等春天来到吧。

　　她是在五月离开的。此前毫无征兆。她照旧一副闲散的模样出现在大学校园里,上很少的课,此外的时间就躲在学校外面一间物美价廉的小咖啡座发呆或者涂鸦。她的父母常来看她,因为大学就在她一直生活的城市。他们给她带来她喜欢的水果以及小曲奇点心,还把一些剪下来的报纸给她看,都是介绍她以及她的书,评价她小说的——毋庸置疑,她受到越来越多的关注,得到更加广阔的人群的认可。可是她是女作家了吗?她茫然地抬起头,看着满足而欣慰的父母亲,她想告诉他们,她感到危机四伏,因为她一个字也写不出来了,没有什么是能够紧紧抓在手中的。那段日子里她没买什么新衣服,只是把旧的拿出来晾晒,裙子飘在北方又高又炽烈的太阳底下的时候,她眯起眼睛抬头看,像是神秘的飞毯,嗖的一下就去了别处,她想。忽然有一天,她就不见了。她背走了一个大背包,衣服,日用品和她没有写完的一沓沓书稿。这事情是几天后才被人发现的,因为她常常不见踪影,室友会以为她回自己家去了。最终她们知道,她走了。但是已经过去了好多天,没有人知道她去了哪里。她绝对不是一个要走还会留一张煽情字条的人。写字台上空空如也,一个她写的字,都没有。

3

她去了江南,因为她有些喜欢慢腾腾的空气和小雨。她希望周围的一切都慢下来,和她少些矛盾,别惊扰她,让她可以像是生活在一个微微摇摆的小船里那么悠缓的世界。

她在小旅店住下之后,就想到街上逛逛。她没有撑伞,雨有点迷住了眼睛,她就顺着一个方向一径地走。小路曲折,她就见到拐弯就拐。不看门牌,不看街名,不认方向。她就这样走到了他所在的小弄堂。她觉得这一段的小屋子尤其破,红砖还露在外面,这在江南是不多见的。后来她看到了那块招牌。雨水把粗麻草缠的字都弄散了,她勉强能认出上面的字是三卓。她其实没有把它想成一个照相的地方,她觉得或者这应该是间小小的茶社,里面有露天下的小桌椅、小板凳。也许是因为这深红色牌子实在亲切,店主又在小院子的大门口栽了好多蔷薇,淡粉色蔷薇从高处渐渐蔓延下来,罩住了大半个木头门,像是戴了花头的新娘。木头门上贴着几个大小不一的木头相框。里面的照片都是十分朴拙的颜色,有羞涩的少女和冷艳艳的花朵。那些相框子里的女孩子,真是好看,有的十分质朴纯洁,而有的又是妖冶艳丽的。女孩站在门口看了很久,她好像已经忘记了自己的模样,她希望自己走进去,成为她们其中的一个,让那些最美艳的花朵都做陪衬,兀自笑得灿烂。但她没有敲门,因为她觉得自己今天实在太狼狈了,不适合去拍照,并且她冥冥中似乎知道,这是一个非常重要的拜访。她掉头的时候,发现门上蔷薇的花瓣,已经悄悄撒满了她的头发。

她夜晚的时候不能入睡,爬起来坐在窗前的写字桌上写字。她说,我怀疑那是个桃花源,里面住着美丽的姑娘和给她们拍照的英俊男子,他们在里面下棋喝茶,或者还有猜谜打灯笼……彼此相亲相爱,不知外面的年月。这是我来到这里的第一个发现,它也许对我有着非同一般的意义,我隐隐能够感觉到。

我们的小女作家没有去看这里的流水、别致的小庭院、乌篷船,她在第二个晴好的日子到来的时候,就换上她最是喜欢的白色素格子小衬衫和深紫色纱裙去拜访那个她疑心是桃花源的地方。那一刻女孩提上黑色的小皮鞋,拢了一下头发,就急不可耐地冲出去了。她在毫不熟悉的小街上奔跑,那种飞扬明媚的姿势预兆着什么,它当然美好,可是由于过于盛放并且激烈,它同时也令人感到了一种不安。

当她敲响"三卓"的门的时候,她还是没有觉得她是要去拍照的。她只是想看看里面的洞天,看看里面的人究竟在做什么。她敲了很久的门,却仍旧没有人来开。但她相信里面是有人的,因为门是微微开着的,她努力地从门缝里看进去,只能看到里面十分幽深的庭院,有一只跑到门口来看她的小狗。是小小的深棕色短毛的腊肠狗,竖着耳朵,两只警醒的杏核眼睛,睁得很大很大,似乎是个饱受疾苦的小可怜。它对着她小声地叫,抬起头一直那么忧伤地看着她。她决定自己进去。

她推开门,院子里有个小小的池塘,里面种了睡莲,但是因着还不是盛夏,现在只能看到一片一片碧绿的圆形小叶子,像是一块一块绿色圆形图案贴在静谧的水面。池塘里还有金鱼,金鱼亦是小小的,不会仓皇涌到一起,——她常常会害怕那种忽然涌到一起的东西,像鱼,像蚂蚁、云彩或者流淌的血。她看到就会眩晕。

　　她也看到葡萄架子和白色欧式桌椅,而葡萄的藤蔓已经缠绕在了它们的上面,绿色和亮白的搭配很令人感到舒服。小狗跟在她的身后叫,它的声音并不大,可是脖颈上的一个铃铛却是跟随它摇得十分响亮。她俯下身子跟小狗说话,你叫什么？她斜着脑袋友好地问,你吃过早餐了没有？她的杏核眼睛和它的杏核眼睛对视着,一眨不眨的,好像在比赛谁睁得更圆更大。她还没有回过神,就听见有从她身后发出的男人轻轻咳嗽的声音。她慌忙回过头去——男人站在正屋的门边,满脸胡子的中年男子,瘦长的脸颊,眼睛在黑框子的眼镜后面,显得十分幽密,像是两块陨石的碎片,但仍带着炽烈的温度。他穿一件宽松的白色麻布长衫,微微能够透出他身体的肤色,他敞开了三颗扣子,露出半个胸膛,胸膛透出骨头的印记,他很瘦。而他的土黄色条绒裤子从裤脚一直向上到膝盖的一段都是泥垢,像是在有雨水的时候,走去了很远的地方。男人其实一直在蹙着眉,表情一点也不友好。但是其实那日里男人一推开门,看到的是令他感到美好的场景:一个女孩蹲在那里和他的小狗说话,她有着很大很大的眼睛,一定是个感情格外丰富的姑娘,她在和小狗说话的时候都在交换着眼神。

　　可是他仍旧很气恼地说:"我们现在没有营业,我在休息。你怎么就这么闯进来了！"他的语气很凶,一副还没有睡醒的样子,红红的眼睛里有血丝。

　　她站起来回身看着男人。她轻轻问:"你就是三卓吗？"

　　"怎么？"

"你就是这儿的摄影师?"她又问。

"是啊,怎么了?"男人变得越来越不耐烦。

"我想说,你门口的照片很好看。"女孩不太自然地笑了一下。

"当然,这个自然不用你说,我能够拿出来给人看的照片,都会是我觉得满意的。"男人生硬地说。

"嗯……"女孩感到了男人的不友好,"那么,能给我照吗?"

"我们现在不营业,我在睡觉!"男人生气地大声说。

女孩没再说话,但是她站在原地也没有动,她没有想走的样子。小狗又走过来,围着她团团转,显然这小狗很喜欢她。她觉得自己有点赖皮的样子,男人已经下了逐客令,可是她还是站在那里不动。她和男人就这么僵持着,她开始抬起头来看着男人,男人有点令她感到亲切,因为她喜欢那些不修边幅,不受生长约束的人,自由的东西,自然随意流动的东西,都让她感觉舒服。终于,男人被她看得受不了了,气急败坏地说:

"你进来吧,快点拍完,别再站在这里不走!"女孩冲着小狗做了个眨眼的小动作,仿佛在感谢它的配合。

屋子里很黑,一间连一间,摄影师解释说,不同的房间里会有不同的布景,这样可以拍出很多不同效果的照片。她大致看到了有插着玉米,半壁残墙的田园景色,有蓝色玻璃造的海底世界,配一件缝满了鳞片的鱼尾衣,就会是一条美丽的美人鱼了,还有天空和云朵的,在云端睡觉的静好,亦是令她觉得兴奋。男人问:你要拍哪个?女孩说:"你帮我选吧。"

男人无奈地耸了耸肩。他忽然想起了什么,很沮丧地说:

"我的助手出去了,没人给你化妆了!"

女孩站在那里看着男人着急,最后男人亲自给她化。

在化妆台前女孩显得很紧张。她前面的刘海全部被撩起来了,整个脸,对着大得一览无余的镜子,还有这个陌生的男子。男人开始给她打粉底,修眉毛。她的眉毛很细很淡,所以他必须修得很小心,一个闪失可能就会缺损一块儿。她才发现他做事十分仔细,眉毛是一根一根在修,他的下巴在她额头的上方,她抬着眼睛,看着他的脸,男人始终神情严肃。她能够听见男人一起一伏的呼吸,在她的上方。她一动也不敢动,因为这看起来很和谐,她不想惊扰他。他给她用眉笔画眉毛,恰到好处的棕色,弯弯的眉形。他在化妆的间歇问她:

"你自己化过妆吗?"

"不,别人也没有给我化过,我从不化妆。"女孩说。

"你还是学生吧?"女孩觉得男人问的口气略有点轻蔑,像是在嘲笑她年幼无知。

"但是我在写小说……"女孩反驳道。

"一边读书一边写小说吗?那么你还是学生啊。"

女孩不再争辩,她觉得他把自己看得很低很低,心中觉得十分失望,但是她却没有再告诉他,她已经是个出版过自己的书的女作家了。她肯定他绝不会相信,他还是会嘲笑她的。

"你自己偷偷跑到这里来玩的?——你的口音不是本地的。"男人的询问其实已经代表了他的肯定。

"嗯……"她含糊地应了一句。男人于是不再多问。

妆化好之后,男人捧起她的脸仔细看着。她的大眼睛惊恐地看着男人。男人忽然微笑了。她就问：

"为什么笑,我的脸上有什么不对劲吗？"

"不是,我觉得挺有趣的,你这么个还没长成的小丫头,化了妆就完全不一样了。"

她看看镜子里的自己,女孩现在眼瞳十分亮,眼睛旁边有淡淡的紫色眼影,使她变得更加典雅,腮红是桃花色,令人看着就好像闻到了新鲜水果的甘美。当男人站在她身后把她的头发盘在头顶,弄成两个有点倾斜的小髻时,她简直觉得自己美得好像欧洲中世纪贵族家的少女。身后的摄影师是多么神奇的人呵,他可以把人化得都那么美丽。

他拿出一套黑色镶着银丝边的小礼服递给她,让她换上。她似乎还没有长开,双肩很窄,衣服还不能完全撑起来。她走出来让他看,他勉强点了点头。于是他们开始拍。

他让她站在冷灰色的布景下,看着镜头,然后他打开几盏白色方形的大灯,灯是炽亮炽亮的,让她一时睁不开眼睛。他开始教给她摆什么姿势。他说,你端庄地站好,眼睛看过来,嘴唇微微地笑。她努力按照他说的做,可是因着很少拍照,又是个很少笑的人,她的表情显得十分奇怪。他不得不放下相机对她说：

"要笑得自然,像你平时那么笑,不要那么虚假……"

"我平时就是不笑的。"女孩回答。男人生气地看着她,只好又说：

"那你想点开心的事,笑出来。"

"我没什么开心的事。"女孩又说,她并非在故意顶撞男人,她只是忽然感到了一阵委屈,是这样的,她很多很多时候都没有笑过了,而她也的确想不出任何可以令她笑的事。她本可以不说这些,但是那种忽然涌上来的委屈,像是要迫切地冲出来,她无法控制地这样说了。男人果然变得很愤怒,他一定觉得女孩在故意耍弄他。他舔了舔发干的嘴唇,恨恨地说:

"不会笑也要笑出来!现在我是摄影师,你要听我的!"男人开始继续教给女孩姿势和表情,女孩也学得十分认真,但是她仍旧无法笑得自然顺畅。

"你的身体很僵硬,像是根冷木头,你知不知道?"男人恶狠狠地对她说,他不得不再次放下相机,"你动动腰可以吗?"

女孩动了动腰,其实她越来越紧绷绷了,因为她感到尴尬和羞耻。她知道这是非常简单的事情,但是她却怎么也做不好。她忽然觉得自己一直把自己困在小房间里,像一只动物一样伏下身子没日没夜地写,几乎已经丧失了行动的能力,所以她的手脚都在退化,反应越来越迟缓,几乎不能够达到协调的配合了。男人踢了灯一下:

"算了,不拍这组了!换衣服去!"

男人给女孩挑选的荷花色缎面的连衣裙她当然也是很喜欢的。他带她去了另一处的景。那是一套欧式奢华艳丽的背景。有红红的壁炉,还有一张非常华贵的沙发椅。沙发椅十分宽大,包着深红色缎绒的大花朵图案的布,镶着一圈雕花的桃花木宽边。男人让她坐在上面,赤脚,沙发下面放着一双红色的尖尖高跟的瘦长鞋子。男人又在她身后铺过来一块洁白的软羊毛毯。她虽然不能看到,但是她想,一定好看极了,都是十分奢靡绚烂的东西,会有艳不可当的光辉。她开始想要找到那种坐在这种椅子上的贵妇人的感觉。

"你可以放自然些,腿自然地搭在这里,下颌再向下收一下,眼神,看我这里,眼神是最重要的!眼神要有光,不能没精神的样子,但是又不要傻傻地瞪那么大……"男人又跟她说了一遍整个的感觉。她开始忙乱起来,整整自己的衣服,搭好的脚却又觉得别扭,只能重新再搭。她低头,太低了,又上抬一点,眼神,她试着把眼睛的大小调试到正常,直直地看着镜头,几秒钟后,他还没有拍,她就开始流出眼泪,整个眼睛通红通红的。

"没有不许你眨眼睛!"男人简直要跳起来了,他从口袋里的纸巾袋里抽出两张纸巾给她擦眼泪,而她的妆已经全花了。眼线的黑色被浸润了,顺着眼泪淌下来。她却不懂得如何是好,慌乱之中伸出手,用手背去抹,于是整个眼圈全都黑了。男人已经放下照相机,停下了所有的工作。他双手叉在腰上,冷冷地看着女孩花搭搭的小脸。女孩知道已经更加糟糕,她渐渐放下了还在徒劳地帮忙的手,很狼狈地站在那里。她还是赤脚的,地下的寒气一簇一簇顺着她的脚心向上钻。

她沮丧极了,她多么努力想要做好,让自己成为他最美丽的模特,可是却弄得一团糟。她的确仍旧是个学生,什么也不懂,力量微弱,显得非常迟笨。

她蓦地才发现,已经有一个女人站在她和他的侧面。女人二十多岁的模样,腰肢非常细,穿的是紧紧包住身体的旗袍,但是旗袍又不是呆板简单的旗袍,而是改良的,应当是她专门做的。旗袍的领子很大,敞开着,露出她美丽的两根锁骨。她的五官都很小巧,放在一

起就是一张别致的江南女子的脸庞。女人正看着他们。她看向女人,女人就笑吟吟地对她说:

"小姐你别介意呵,三卓就是脾气不好,他没有坏心的。"

她点点头,她早该想到这里面一定住着女子的,池塘到内里,都收拾得井井有条,一定是有个女子在才行的——她是他的妻吗……

女人又说:"三卓,怎么啦?跟人家小姑娘过不去!"

三卓冷冷地说:"从来就没有见过这样笨的人!简直是个木头玩偶。"

女孩的眼里转着泪水,不说话,咬着嘴唇看着三卓。她在恨他吗,恨他把自己说得如此不堪?可是倘若如此,她可以早一点就逃开的,不是吗?她一直留在这里,努力地按照他的要求在做,难道她是为了自取其辱?她想要他给一点小小的鼓励,说她还不是那么糟糕,他应该慢慢地激励她,可是他是那么心急……

三卓甩身离开,抛下话:"你明天再来吧,今天这些不作数。"

和蔼美丽的女人送女孩走出大门,并安慰她说:

"今天也许状态不大对,明天就会好的,明天我给你化妆,选衣服——那些衣服你还喜欢吗?"

"都很好看。"女孩轻轻地说。

女人拍拍她的头,笑吟吟地说:"都是我做的。"

"啊,您做的啊……您的手太巧了!"女孩回身再看整齐的小院,小金鱼怡然自得地成长的小池塘,而那只小狗,已经开始围着女主人的高跟鞋转了。这里很完美,什么也不缺。女孩再次回过头去,黯然地退出了小院。

4

女孩不能言说她内心的难过,好像从来没有这样一个时刻,感到如此深重的挫败,即便是没有办法让自己写出东西来的日子,她亦没有这样的伤心。她是她自己所认为的优雅高贵的女作家吗?她想要成为一个令别人愉悦的女子,可是眼下她就是一个呆板乏味的女学生。而他,好看却又坏脾气的男子,他就是这样地讨厌自己吗。

她整个夜晚都抱膝坐在窗台上看着外面。次日清晨她发现自己像是一只将死的病猫一样蜷缩成一团睡在窗台上。这是一个冷冰冰的地方,人们都在嫌弃我,他们一点也不欢迎我。女孩这样对自己说,她第一次有点想念她北方的城市。而现在的问题是,今天她还要不要再去他那里呢?她也许只是多去寻些嘲笑和斥骂的,她也许会变得更加绝望和哀绝,也许她会立刻收起行装,离开这个城市……那么她为什么要去呢?但是她仍旧给自己换了套衣服,洗了洗脸,然后就出门了。她也许只是想再次走近那个恬适的小院,也许就是想再看到他,她甚至还抱着一丝希望,他这一次会觉得她好一点,会抵消一些已经留给他的糟糕印象。所以她得去,不然她在他的心里就是一成不变的糟糕了,再也不会好起来。

女孩再次敲响小院的门,女人探出个头来,看到是她,就笑吟吟地打开门:

"你来啦。快进来。我先给你化妆吧,三卓还没醒呢……"女人说话的声音很轻,她看来早有准备,把小狗关在内间了,担心她一来小狗又会闹得很欢。

女人给她化的妆也很仔细,手亦很轻,甚至看得出,比男人要熟练得多。可是她对着镜子照的时候,觉得似乎过于浓艳了,完全是成年女子的模样。但她没有表示任何不满。女人看着镜子里的她,笑着说:

"真是个美人。走出去不知道妒忌死多少姑娘呐。"

女人又领她去换衣服,给她穿了一件黑色抹胸和一条白色垂感很好的长裤。她把她打扮成一个冷艳的夜幕下的女郎了。

在给女孩化妆换衣服的这段时间里,女人七零八散地说着三卓,这个摄影工作室以及她自己的事情。她像是很无心地在说,可是在换好衣服的时候,她发现,女人大致把这里整个的情况,都说给她了。

三卓在女人的言辞间,就是一个伟大的艺术家。很多年前他从这个小镇上离开,去学习他心爱的摄影。大学之后他开始到各地采风,拍所有他觉得美好的东西。但是一年后他不得不中止他的远足,因为他已经一分钱都没有了。他在一个大城市停留下来,找几个相熟的朋友开了一家照相馆,那个时候还没有工作室这样的叫法,他们的想法都很新颖,照片自然不同于寻常的照相馆,所以生意十分不错。女人就是从那个时候起认识他的。女人去拍照片,大抵也是被他命令着如何如何摆姿势,露出什么样的表情。

"可是,我当时却没感到什么羞耻或者尴尬,我就是觉得,我得听他的,他说的全都对。你说,奇怪吧?"女人稍微停顿了一下手中的工作,陶醉地一笑。女孩想她大概知道那种感觉,在那个叫做三卓的男人面前,似乎很容易丢弃自我决断的能力,并且还是甘愿的。

后来三卓和他的几个合伙的朋友发生了分歧。原因是三卓希望坚持现在的拍摄风格,拍一些自由,感觉清澈的东西。但是那几个人坚持利益当先,决定只拍更加赚钱的婚纱照。三卓觉得那是缺乏创新的东西,他坚持仍旧拍普通的艺术照片。于是他们开始挤兑他,并在暗地里算计他。终于,他们再也无法忍受三卓的倔强,在一个三卓出去拍外景的日子里,他们把店子里所有值钱的东西都卷走了,整个店都空了。三卓回去的时候什么都没有了,他提着三脚架站在门边,看到里面像个废旧的小车间,——可能就是从那个时候起吧,他开始厌恶和人打交道或者结交什么朋友,他再也不愿意相信任何人。那天女人正好又来他这里看他,女人自拍过那套照片之后就多次来这里,给他和他的朋友们带来很多手工的点心或者水饺。三卓对她极是平淡,不会赶她走,亦不会留她。可是就在那天,三卓对着一个空空如也的房子发呆的时候,女人来了。女人站在他的身后,她很快明白了是怎么一回事。她慢慢走上前去,从后面搂住了三卓的腰,她说,别介意,你还那么年轻,都可以从头再开始,而我,会总是陪着你。

　　三卓和这个愿意一直陪着他的女人离开了那个令他伤心的城市。三卓起先打算仍旧去各地采风,出版自己的摄影集。可是他们走上一段,不得不再次停顿下来,在某个小城市暂时开个照相馆,挣一些路费再上路。那种照相馆甚至可以是相当纯简的,比如只给学生拍一寸的毕业照,给老年夫妻拍半身合影。女人因为手巧,还可以做些缝缝补补的活计。就是这样,他们一路走,一路拍,需要钱的时候就停下来开一阵店子。这样的生活一过就是七年。他们的机器已经太陈旧了,必须全部换新的,而照片积攒得也差不多了,可是却被很多出版社拒绝,他们不认为这样个人化的东西能够赚到什么钱。

三卓再次受了很大的打击,他辛辛苦苦多年拍摄的照片,在那些人看来几乎是一钱不值的废胶片。他又开始摔东西,不吃东西,自暴自弃。女人总是陪着他的,她是这么一副好脾气,她能够纵容他发火,摔东西,对着她破口大骂,甚至叫她滚开。最后女人开始劝说三卓,让他回自己家乡的小镇子去待一阵,安心地开个小店,一方面可以攒足钱再换机器,另一方面,那里终是他童年时待过的地方,在那里生活会感到亲切和安全。此外,他们还可以继续联系出版社,和他们商谈摄影集的事情。

"我们绝对不会放弃,这本集子一定要出的。"女人坚定地说,她的那种果敢的语气宛如巾帼女英雄。

"您和他已经结婚了吧……"女孩想了又想,还是问出来了。

"啊不,我们没有,他是不喜欢牵绊的人,并且也许他只是习惯了把我当作丫头使唤,或者顶多把我当个亲人,他对我可能没有那种炽热的感情。不过我倒是不在乎的,能这样陪着他,形影不离的,和夫妻又有什么不同呢,你说是吧?"女人说话很谦卑,没有任何隐瞒或者掩饰自己的低微。女孩点点头。

这个时候,三卓已经起床了,他头发蓬乱,身上套着一件灰色圆领背心。他走过来仔细看看女孩,斥责女人说:

"你怎么能给她化那么浓的妆呢,她还是那么小一个孩子。"

"可是她这样很好看啊。五官都很分明,更加有轮廓感……"

"不需要什么轮廓感!她那么一个小孩子,化成这样认都认不出来。你给她改得淡一些!"男人又甩下话走了。女人也不再说话,拿着浸湿的纸巾来给女孩擦妆。

她再次来到男人面前的时候,男人正站在大门口。男人再次看看她的脸,迎着日光——这是一个没有下雨的晴天,天空白得让人有点眩晕。然后男人说:

"今天天晴了,我们到外面拍去吧。"男人并非是在商量,他已经提着反光板和三脚架出门了。女孩站在那里惊异不已,她低低地问:

"我穿什么?"

"就穿你自己身上这个,不用换。"男人头也不回地说。

"那,那我也去吧。"女人焦急地在后面喊了一句。

"你好好待在家里,店不能没有人看着。"男人仍旧没有回头,但是语气坚决,像是命令。

5

女孩跟在男人后面,他带着她走过青石板路,一直走到一个面积很大的水塘。青草地和围绕着水塘栽种的尚且幼细的小柳树。他让她站过去,随便靠在柳树上。她穿的就是一件简单得有点像睡袍的淡蓝色裙子,裙子洗过太多次,已经很像是白色的了,裙角向上卷起来,像是蔫掉的花瓣。她站在裙子的中央,露出她的锁骨和长脖子,像是插在裙子里的一枝细细的花。而她昨日没睡,黑眼圈甚为严重,加之眼睛本就大得出奇,所以现在她那张苍白的小脸上,好像就只剩下一双眼睛了。

"你昨天没睡觉吗?那么严重的黑眼圈,怎么照相?"男人蹙着眉头对她说。

她看着男人,也不说话,心里暗暗地想,他又开始挑剔自己的毛病了。

"难道你晚上忘记了关窗户,吸血蝙蝠飞进来,吸走了你的血?所以你变得干瘪瘪的!"男人又下了一个断言。她听他说话的口气像是给三四岁的小孩说故事,于是笑了一下。就在她笑的一刹那,他飞快地按动了快门。她愣了一下,他得意地一笑:

"你这不是会笑吗?"

她慢慢收住笑,站在那里不知道再做什么动作。

"你就随便左走几步,右走几步,随便走,对,不用看我的镜头。就当我不存在。"三卓说。女孩开始小步子地左走几步,右走几步。

"你喜欢写文章?"三卓一边按动快门,拍女孩走动的样子,一边问她。女孩心里暗暗地有些开心,她想,那日她对他说的话,他居然还记得。但女孩没有应声,仍是走。她左右走得有些厌倦了,开始绕着柳树走,前前后后,一会儿探出个脸,一会儿侧着身子仰望天空。

"喂!我问你话呢,你怎么不回答?"男人还在按动快门,很不满地问。

"你不是让我当你不存在吗?"女孩又笑了,狡黠地眨眨眼睛——她竟跟男人开起玩笑来,忽然之间好像完全失去了那种阴鸷的气息。三卓连忙又按动快门,抓拍下她的微笑,然后他说:

"会笑,还会捉弄人,可是却装得那么冷酷,这是你们现在女孩儿的习惯吗?"

"我是喜欢写作的,尤其喜欢小说。"女孩没有回答他的新问题,却回答起他刚才的提问。

"嗯,长大立志要做作家?"男人又问,同时对女孩说,"你坐下来,随意地坐在草地上,甚至躺下,你怎么舒服就怎么做。"女孩于是抱着膝坐下来。

"我已经长大了。"女孩反驳说,其实她倘若再气盛一点,兴许还会冲出一句"我现在就是作家了"。但是她觉得女人说的有些话是很对的,在他的面前,女人总是变得很低很低,并且是完全甘愿的。她此时亦感到如此,她觉得自己丝毫没有必要在他的面前逞能,他必然不会喜欢那种强大的女子,她相信。

"好吧,未来的女作家。你写东西是不是需要灵感的?"男人又问,示意女孩变变姿势。女孩侧着头枕在双膝上,微微合上了眼睛,她没有刻意微笑,所以看起来是十分哀怨地睡过去了。

"当然需要啊。"女孩回答。

"唔,对,你别动,这样很不错。你知道你现在的样子像是什么?——像圣诞夜在窗户外面冻死的卖火柴的小女孩。"男人停顿了一下,又转而说灵感的问题,"摄影也是一样,需要灵感,所以你需要配合一下,不是说你一定要做出多么变化多端的动作,也不是让你成为一个喜剧演员,脸上像个魔方一样变换表情。只是说,你要按照你的一种心情和情绪慢慢变化着,给我提供一种灵感,比如刚才,你抱着自己的膝盖睡着了,哀怨的表情就让我想起了卖火柴的小女孩,这就会给这张照片提供一种情绪。"男人用一种和气的语气在告诉女孩一些道理,他看着她的眼睛,希望她能理解。

"我,知道了。"女孩慢慢地说,她仰着脸,张大嘴巴吸了一口气——此间三卓还按动了快门,他觉得这个动作也很有趣。女孩慢慢向后仰下身子去,躺在草地上,仰着脸,睁大眼睛看着天空,问三卓：

"我能自己小声说话吗？"

"当然。"

女孩仰脸向天，深深地大口呼吸："我会有时候觉得憋闷，你知道吗？就是，觉得呼吸接近尾声了。然后耳边会有潮汐的声音，一起一伏，很奇怪，我生长在一个内陆城市，从来没有见过海，可是却常常能够听到此起彼伏的潮声，一点一点逼近，最后兴许就会把我淹没过去。然而我害怕的倒不是什么死亡，反倒是这些活着的日子，更令我恐惧。"女孩再次坐起来，她双手合十，做了一个十分虔诚的祷告的姿势。

"你在恐惧着什么？"男人问得十分轻声，生怕惊扰了紧闭双目的女孩。

"我常常觉得，眼前的这一切，没有什么是能够抓在手中的。身边的人常常告诉我，提醒我，我是个幸运的姑娘，我在变得越来越美好，拥着比别人更多的东西。可是我却不这么想。当我每一次低头看我手里握着的东西的时候，我觉得，它们的抵达，完全是一种偶然，是一种随机性的恩赐，并非是我通过不懈努力所能获得的什么。它们往往有太多不确定的因素，它们当然可以属于我，但是也可以不属于我，它们随时可能离开我，那也没什么好说的，只是我交了坏运气而已。所以其实我寻常得很，只是运气稍稍好些罢了。而我的手中，什么也抓不住，也许某个早晨醒来，我睁开眼睛，就会发现手中已经空了，什么也没有，一点痕迹也没有。"女孩站起来，拍拍裙子，回过身去，兀自向前走去。

男人跟随过去,女孩走到了池塘边,她脱下脚上的凉鞋,然后把两只脚放进水里。池塘里有很多水草,她双脚一挑,就勾起来好多在她的脚踝上缠缠绕绕的碧绿碧绿的藤蔓。她把脚抬得很高,悬在空中,停顿了一会儿,让男人拍——她已经知道什么样的姿势他也许会喜欢。男人按动了几下快门,对她说:

"水很凉,上来吧。"

"不会呀,好舒服的。"女孩摇摇头。她的两只脚开始前后摆动,溅起好多的水。

"你是有着自己好大好大的理想的人吧?"女孩侧过头去,冲他一笑,好像把他看穿了一样。男人停顿了一下,继续拍照,不应她。

"你当然是的,我第一眼看到你就知道了。但是你一直没有实现它,一年一年的坚持和盼望,可是离着那个目标还是那么远,你开始灰心了吧。那种感觉,是不是也觉得,那么多年,仍旧两手空空呢?我虽然小,可是已经看清了,这条艺术的道路,永远是令人怀疑和自卑的,它不会给你什么确定的东西,让你抓在手中,再也不会失去。它是一条滑溜溜的鱼,随时可能跑掉,可是它也有这样的诱惑力,能使你着了魔一样地去追逐它。"

男人很是惊讶,面前这个十九岁的女孩,忽然说出那么深刻的对艺术的理解。这些话应该来自一个沧桑的,从这样的道路上走过半生的老者,而不是她,眼前这个眼睛大而空灵,总是带着一种郁结的哀愁的女孩。他放下相机,掏出香烟,抽上,然后悠悠地说:

"我可没灰心。"

"嗯,是啊,你也不老,应该仍旧干劲十足。何况你现在并不是什么也没有啊,你有你的小院子工作室,你有那么通情达理体贴入微的女人,你还有一条长得不赖的小狗……"她伸出手指帮他算着。

"都不重要,或者说,我从未感觉到他们是我的。"

女孩仔细回想几遍他的这句话,她是想揣测他是否喜欢那个女人,现在从他的话来看,似乎他对她毫不重视。可是,她在干什么啊,她为什么要这样费尽心思地探究他内心的想法?她越想越慌神,忽然从他的手里夺过烟来,狠狠地吸了一口。她慢慢吐出来,然后用食指和中指松松地夹住烟,下颌抬起,眼神迷离,对他说:

"这样给照一张吧。"

"不照。小孩子抽什么烟?别把什么艺术和这个连在一起。"男人生气地看着她。

她把烟又放到他的手里,眯起眼睛,忽然神神秘秘地说:"烟真是好东西,我猜我以后肯定离不开它。"

他们那天拍了数不清的照片,他不断换胶卷,他们也不断移换地方。小山坡,富人家别墅的后花园,儿童乐园……她从来没有想过,自己可以那么自然地拍照,其实这根本不像拍照,反而像是一场加进了动作和表情的对话,它完善而且深刻,令人永远难忘。他显然对这些照片很满意,不知疲倦地一直拍着,和她一来一回地交谈。这些时候,他有些忘记了女孩的年龄,也或者是他忽略了自己的年龄,这样的谈话好像应该发生在大学时代,那是一些总是下着令人着迷和沉沦的雾的日子,前路是看不清的,年轻的孩子们只是纵情地在迷蒙中相爱并关怀彼此。

天已经完全黑了,他们走在回来的路上,他看到她的脸上有黑色的一块尘灰,使她只有一双大眼睛的小脸有点滑稽。他伸出手,轻轻地抚抚她的脸,帮她把那块黑色抹去。她一动不动,站在那里,笔直笔直的,像是在等候老师发令的小学生。

快跨进三卓摄影工作室门槛的时候,三卓忽然侧过头俯身在她的耳边说:

"你知道吗,我年轻时候的愿望,就是能遇到一个像你这么样的姑娘,一起谈论这些不着边际的有关艺术道路之类的大道理,这样相伴几十年,恐怕也不会厌倦。"她在黑暗里抬起头看他的脸,聚满了光辉,而木头门上的蔷薇花瓣,又开始洋洋洒洒地落在他和她的头上。她觉得这是一个太令人沉溺的场景了,如果不回应他一点什么,她一定会觉得遗憾死的。于是她踮起脚尖来,伸出双臂揽住他的脖子,轻轻问:

"现在还来得及吗?先生?"

男人没有说话,用手捏捏她的脸,说:

"我们进去吧,都饿坏了。"

"我不进去了,我要回去了。——什么时候能来取照片?"女孩也冷静下来。

"两天之后。"男人亦不留她,看着她转身走了。

6

这是怎样的两天呢,女孩开始感到更加炽烈的煎熬。她每天只睡很少的觉。坐在窗台或者楼梯上想事情。或者摊开稿纸开始写下自己的情绪。

"现在终于知道,为什么会有一种潜意识里的引导,让我离开我的大学,让我决定来到江南,让我决定选择这个无名的小镇停留下来,让我走过那条小弄并最终决定敲响他的大门,原来,他是在这里。现在终于知道,为什么自己一贯会是那样冷冰冰没有一丝热情的脸,原来是要把热情都攒起来,用在这里,用在和他之间。这肯定是我一生当中,无比重要的一个印记,虽然我还不知道,它会是什么形状,是灾难还是吉祥……"

女人当是察觉了男人和女孩的异样,因为那日里他那么晚才回来,却很安静,没有对她发什么牢骚。他和她坐下吃饭,他仍旧一言不发。她想开口问,觉得这肯定会令他不高兴。饭后他一个人躲进最里面的房间里洗照片,而那一夜,他都没有出来。

次日女人上街买菜,中午回来的时候,看到女孩蜷缩着坐在他家门口,她一看到女人来,就仓皇地站起来。女人仍旧笑吟吟的,让她进去坐,女孩拼命摇头,说自己记错了取相片的日子,然后她就飞快地跑掉了。女人注意到她头发散乱,上面落了好多蔷薇花瓣,坐在这里的时间应是不短。女人进门去,三卓还在摆弄那些照片。女人说:"拍照的那个女孩来过,刚才坐在大门口。"她眼睛累累地看着他,观察他的反应。果然男人立刻抬起头来,十分关心的样子:"她现在还在吗?"

"她走了。"女人第一次放弃了对他句句话都温柔的决心,冷冰冰地回应,她看到男人的眼睛黯淡下去,他很快把头低下,又开始摆弄那些照片和底片。

第二日女人就看到男人洗好了照片,把它们一张一张夹起来,挂在几根高高的铁丝上。她必须承认，那些照片美得令人惊异。那可能是很多年三卓都没有捕捉到，拍下来的东西，那是一种年轻的、繁茂的、生涩的、未经修剪的、天然并且纯澈的美。女孩脸上几乎看不出妆容，头发也只是简单地披散着，白裙子上毫无装饰。可是女孩在笑啊，在动啊，每一张都是流动的，都是小溪一般清冽的。她笑得没心没肺，又不知什么缘故地如此忧伤。她不是简单的小孩过着青春期的姑娘，她身上也有一种浓郁的女人气味，她的狡黠，她的嘴角微抿都构成一种诱惑，而她面对着的是三卓，她在勾引他吗……女人根本无法插话，她看到了男人的喜悦，他很久很久都没有这样开心过，他太喜欢这些照片了，这是他的宝贝，这是他最满意的艺术品。他甚至哼起了歌，每一张照片都要拿到眼前看个仔细。

终于到了第三日。男人起了个大早。他对女人说，你今天去城里买胶卷和那些需要更换的零件吧。女人知道他是要把自己支走，她当然可以找各种理由留下，但是她亦不愿意违背男人的心意，她太了解他的脾气了，他固执地做一件事情，一定会坚持到把它做完为止，她如果留下，他肯定还会找机会和她单独会面。并且她也不希望他对自己有一丁点不满，于是女人点点头，离开了。

女孩一会儿之后就来了。她和他的见面变得局促。他们什么也没有说，他忽然领起她的手，穿过里里外外的房间，一直走到了最里面的一间。她就看到一排一排的铁丝上，挂着的都是她的照片。他一排一排领着她穿梭其间：

"你看看，有多么好看！"女孩看着，心中的确十分欢喜。男人是看懂了她的人，所以可以把她拍得格外美丽，那种美丽是打碎了，又经过三卓的眼睛拼贴起来再造的,它是一种全新的诠释,会和任何一个其他状态的她都不一样。是因为有爱在吗,这些照片上的她是那么动人,笑和忧伤都来得自然。

他把照片敛起来一套给她。这作为一个完整的拍摄过程,已经到了尾声了。他们都站着,又僵住了。而门外忽然变了天,几分钟之后就下起了暴雨。雨来得很猛烈,屋子里面变得阴寒。那时她已经站在门口了,雨倒是令他们暂时不必为这个分开的事情踌躇尴尬。小狗钻进屋子里来,抖了抖身上的毛,杏核眼睛又和她的眼睛对视起来。

"坐一下吧,太冷了。等雨停了再走。"男人温和地说。男人靠近女孩,把她拉到客厅里的布沙发上坐。他碰到她的时候才发现,她身上滚烫滚烫的。他吓了一跳,慢慢把她揽过来,拥她在怀里:

"怎么这么烫?在发烧吗?是不是这两天没有好好休息,也没有怎么吃饭?"男人的声音很是心疼。她只是软软地靠在他的身上,说:

"我想我得走了。要离开这个小镇了,再这样下去我的意志会被消磨掉,可能我再也不能写下去了,我会失去我所有的。"

"我想也是这样。可是却仍旧不舍得,一想到就会很心疼。"

"别心疼,我会很乖,好好照顾自己,你也要。"女孩吻吻三卓的脸,也不拿照片,失神地走去门口,她打开门,打算就这样走进雨里。男人忽然冲上去一把拉住了她的手臂。他把她抱了起来。他没有再说任何话,只是抱起她向一个房间走去。她在他的怀里发出小动物一样轻微的叫声,可是并没有挣扎。

男人抱着她一直走进一个房间,这是他摄影棚的其中一个布景,里面是一个温馨的睡房的样子:梳妆台,衣柜,彩色玻璃的窗帘,还有一张铺着洁白床单的大床。她猜想他没有带她去他的睡房,是因为那是他和那个女人的空间,他不想让她看到。可是这里很冷,阴阴的冷,大约是因为这里从来不住人的关系。他把她放在大床上。她闭上了眼睛,她知道什么事情将要发生,她也害怕,可是她十分肯定地知道,她不能阻止它的发生,这就是,划在她生命里的深楚的印记。

男人把周围几只布光的方形大灯都搬过来,像是一圈花朵一样围住大床。女孩说:

"太亮了。"

"这儿没有被子,我怕你冷,灯多一些会暖和一点。"

女孩点点头,可是她却感到这像一场可怕的大手术,她在灼灼的手术灯下被看得那么清楚。

男人开始和女孩做爱。他亲吻她的全身,这个小人儿,是他最疼爱的宝贝,是他最珍惜的艺术品。他的吻那么轻柔,像是一片一片蓬松的羽毛落在她的身上。可她浑身仍是冰冷,瑟瑟发抖。他抱她再紧一些——她那么小,而且还在发烧,他不忍心再对她做什么了。可是他想拥有她,除此之外,他想不出还有什么办法来逼近她的灵魂。他必须靠近她,她美好而繁盛,她是他的。他亲吻女孩的脸颊,让她就把这当作一场必须的旅行吧,他让她抓紧他……

她开始流血,很多血,但是她没有叫,并且她并没有失去知觉。她还能用炯炯的目光看着男人,她伸出手摸了摸男人痛苦的脸庞。他并没有多么老,皮肤尚且很有弹性,而他还如男孩般明亮的眼睛在和她说话,她摸了摸他的眼窝,很平,没什么皱纹。她想,他还是强盛的,他还有很长的路,很多个机会去逼近他的梦想,这多么好。她最希望如此。

当所谓的平息到来的时候,男人把女孩抱在怀里,摇晃着她。女孩用十分微弱的声音说:

"我想我以后耳边再也不会有潮汐的声音了。因为那声音是你的,总在我的耳边,提示我,要找到你。当我走了,就不会再听到。"

"我想办法跟你一道走吧。"男人说。

"不必了。我照顾不好你,我自己知道的。我们彼此都太自私了,彼此要把对方生生地据为己有。但是我们还属于艺术。谁能接受这样的事,我们都只能拥有彼此的一部分。"

她挣扎着起身,还在流血,像是被捣烂的花朵。她摇摇晃晃地站在地上:

"我终是知道最后会是这样,但是我却一点也没有想要退缩,你知道这是为什么?"

"为什么?"

"因为我喜欢极致的状态,喜欢完全浸入的状态。这样我们都会记得,这样一个日子,我们曾靠得那么近,——唔,五月就要过完了吧?"女孩说着,把给他的拍照的钱放在桌子上。

"不,我不要。"男人坚持说。

"要吧,不然我会觉得,这像是交换。"女孩黯然一笑,摇摇摆摆地向门口走去。男人赶上去,从身后给她披上他的白色长衫。他多么心疼,想要再次紧紧抱住她,把她融化进自己的身体里。可是他的确是一个矮小者,是一个曾无数次灰心的人,他毫无力气。女孩拿起她的那些相片以及底片,冲出了房门。雨已经停了,天还是阴冷。小狗在院子里用小爪子和着泥巴。这里非常静谧,闯入者不应该打搅,不是吗?

她穿过小院,迈出了木头门,男人在后面,像古代暮色里忧伤的斜塔。他嵌进了一个过去时态的背景里,终于,从此。

她一出大门就看到女人坐在门外。女人看见她摇摇摆摆地走出来,心中很清楚。女人慢吞吞地开口:

"你要是执意要留下来也可以,不过你必须……"她没有说完,女孩就摆了摆手,打断了她的话:

"我不会跟你争夺什么,你照顾他照顾了那么多年,他其实早已变得依赖你,他离开你根本不能好好生活,可是他却不知道。嗯,我走了。"女孩从女人的身边擦过,她又摇摇摆摆地上路了,她必须回到旅店,然后离开这里。而五月还没有结束,粗暴的夏天刚刚开始。

她在第二天清早离开,离开的时候,她已经完全是一个成年女子的模样。

这一天,女人对三卓说:"我想要个咱们的孩子了。要一个乖巧漂亮的女孩,你会喜欢的。"

"嗯。"三卓失神地点点头。

"那么我们结婚吧。"

事情发生得都是那么快,终于把五月迅速地消灭掉了,这一年里最好的季节。

7

七年后,他仍旧和妻子还有女儿生活在这个小镇上。他仍旧给人拍照,喜欢发脾气,小女儿有些怕他。可是她有一个相当温顺的妈妈,她总能平息爸爸的怒火。

男人收到了一个包裹。里面有两本书。一本是一个当代著名年轻女作家的长篇小说,《谁杀死了五月》。还有一本令他着实一惊,那是一个摄影集,署的是三卓的名字。里面都是那年他给女孩拍的照片。那么多年过去了,女孩的微笑还是透过纸张,散发了出来,令他止不住地一阵一阵心酸。她终于帮他实现了他的心愿,而在他的照相簿子里,那个女孩是一个模糊的人物,没有人会认得出,那就是她了。他把摄影集紧紧抱在怀里,翻开她的小说,开始阅读。他们家的老狗在他的旁边俯身趴下了,它最近身体越来越不好了。

男人用了很长很长的时间来读这本书。这基本是女作家的自述,字字都很动情。令他非常惊讶的是,后半部分有一个叫做小卓的男孩出现了,他是她的儿子——他内心一惊,这是女作家的虚构,还是真实存在的人物呢?他一直都在想,却也想不清楚,由于太疲惫,渐渐地睡着了。

他的小女儿把他吵醒并没有什么重要的事,她仰脸对他说:

"爸爸,明天是六一儿童节,你带我去游乐园好吗?"

男人喃喃地念了一声,六一,忽然问女儿:

"可是五月就这样结束了吗?"

"明天是六月啦。"女孩好心地提醒他。

小女孩看到有一滴自上面落下的水,吧嗒一下,落在那本叫做《谁杀死了五月》的书的封面上。